엉뚱하지만 정의로운, 싹싹하고 웃기지만 때로는 오만 방자한 건방이. 단숨에 읽히는 매력이 있는 책이다.
백문초등학교 6학년 양희원

스토리 진행이 매끄럽고 뒷이야기가 궁금해져 빨리 책장을 넘기게 된다. 무술, 우정, 사랑, 그리고 가족애에 이르기까지, 종합선물세트 같은 책이다. 김포고창중학교 1학년 김민경

책도 이렇게 재미있을 수 있구나, 하는 생각이 들 정도다. 남자라면 누구라도 상상해 봤을 법한 무술의 달인, 그것을 나와 닮은 건방이가 대신 해소해 준 것 같다. 오류남초등학교 5학년 이선겸

건방이가 수련할 때의 유쾌함과 짜릿함이란! 이 책은 당신에게 세계일주보다 더한 재미를 줄 거다.
잠일초등학교 5학년 김대현

친구들과의 우정, 남녀의 사랑, 그리고 역경에 맞서 꿋꿋하게 살 아가는 건방이 이야기는 저학년에서 고학년에 이르기까지, 나이 와 성별에 상관없이 누구라도 재미있게 읽을 수 있다.
광장중학교 1학년 한수빈

누구라도 상상할 수 있는 뻔한 이야기를 이렇게 재미있 게 쓸 수 있다니! 각 장면의 연출에서 표현까지 그 어떤 것 하나도 버릴 게 없는 최고의 책!
천안불당초등학교 5학년 오도영

쉿! 너한테만 하는 특급 추천이야!

건방이의 건방진 수련기

① 무술인의 길

천효정 글 · 강경수 그림

 비룡소

차례

기다려!
이 영감탱이!
헉헉…

등장인물

건방이

우연찮게 '비밀의 집'에서 오방구걸을 듣는 바람에
오방도사의 제자가 된 천방지축 초등학생. 당돌하고
허세가 심해서 언제나 오방도사와 티격태격이다.

오방도사

권법의 제일인자. 밖에서는 위엄 있는
무술의 고수지만, 집에서는 고기반찬만 찾는
철부지 도사. 설화당주와의 관계는?

초아

검법의 달인 설화당주의 막내 제자.
예쁘장한 얼굴과 반대로 불같은 성격의
소유자. 특기는 연검술.

면상이

반 아이들의 인기를 한몸에 받고 있는
건방이네 반 회장.

설화당주

고운 외모와 달리 검법 세계를 평정한
전설의 여검객.

1. 운명의 만남

할머니가 돌아가신 지 열흘이 지났다. 유일한 피붙이인 할머니가 돌아가셨지만 건이는 눈물도 나지 않았다. 할머니는 거의 일 년 동안이나 자리에 누워 지냈다. 말도 못 하고, 건이를 알아보지도 못한 채로.

건이는 짐 가방을 대충 싸 놓고 집을 나섰다. 어차피 없는 살림이라 정리할 것도 별로 없었다. 내일이면 이곳을 떠나 차로 두 시간쯤 걸린다는 보육원에 들어가기로 되어 있었다. 그 전에 마지막으로 '비밀의 집'을 보고 싶었다.

4월이지만 꽃샘추위 때문에 쌀쌀한 날씨였다. 건이는 겉옷을 입고 나올걸 그랬나, 살짝 후회하며 낡은 이층집 앞에 섰다. 비

밀의 집은 건이가 멋대로 붙인 이름이었다. 담쟁이덩굴 안에 꼭
꼭 숨은 비밀의 집은 마치 잠을 자는 것처럼 항상 굳게 닫혀 있
었다. 건이는 외롭거나 마음이 답답해질 때마다 몰래 이곳을
찾곤 했다.

그런데 오늘은 뭔가 이상하다.

'누가 집에 들어왔어!'

건이는 거의 동물적인 감각으로 그 사실을 알아챘다. 녹슨
철제 대문도, 이 층의 먼지 낀 창문도 그대로였지만 뭔가 달랐
다. 그건 말로 설명할 수 없는 어떤 예감 같은 것이었다.

건이는 담장을 오른쪽으로 뱅 둘러 걸었다. 곧 차가 들어가
지 못할 만큼 좁은 골목이 나왔다. 그쪽 담
장에는 담쟁이덩굴로 덮여 밖에서는 잘
보이지 않는 개구멍이 하나 있었다. 말 그
대로 개나 드나들 수 있을 정도로 좁았는
데, 초등학교 2학년생치고 몸집이 작은 건
이에게는 별 무리가 없었다. 건이는 부
스러진 벽돌 틈을 헤치고 담장 안으로
기어 들어갔다.

구멍 바로 안쪽은 화단이었다. 가
꾸는 사람도 없건만 매년 봄이 되면 연

분홍 진달래꽃이 가득 피었다. 건이는 진달래꽃 사이를 헤치고 조심스럽게 몸을 일으켰다.

퍽억! 픽!

집 뒤편에서 이상한 소리가 났다. 건이는 깜짝 놀라 다시 주저앉고 말았다. 뭔가를 내리치는 소리 같았다.

'도둑이라도 든 걸까? 훔쳐 갈 것도 없을 텐데.'

건이는 침을 꼴깍 삼키고 주변을 두리번거렸다. 건이가 앉아 있는 쪽에서는 아무것도 보이지 않았다.

"……움직임에는 타오르는 불꽃의 기세를…… 연결은 흐르는 물과 같이……."

이번에는 사람 목소리가 들렸다. 분명 뒤꼍에서 나는 소리였다. 건이는 잠깐 망설이다가 살금살금 소리가 난 쪽으로 기어가기 시작했다. 다행히 화단이 뒤꼍 쪽으로 길게 이어져 있어 숨어 가기 딱 좋았다.

'어?'

뒤꼍 왕벚꽃나무 아래에 청색 옷을 입은 사람이 서 있었다. 자세히 보니 머리카락과 수염이 허옇게 센 노인이다. 삐쭉빼쭉 곤두선 수염이 꼭 밤송이처럼 보였다. 노인은 엉덩이를 뒤로 쭉 빼고 두 손은 배꼽 부근에 얹은 묘한 자세로 서 있었다.

'저 영감탱이는 누구지?'

건이는 부쩍 호기심이 당겼다.

노인 앞에는 큼직한 바위가 놓여 있었다.

분명 대문 근처에서 본 정원석인데 어떻게 저기로 옮겼는지 모를 일이었다. 노인은 계속해서 주문을 외우듯 읊조렸다.

"……나무가 뿌리를 뻗듯 하체에 중심을 실을 것이며 주먹은 무쇠처럼……."

노인이 두 손을 천천히 포개어 마주 잡더니 머리 위로 번쩍 들어 올렸다.

"강하게!"

벼락같은 기합과 함께 노인의 주먹이 바위 위로 내리꽂혔다.

펑!

뭔가 터지는 것같이 요란한 소리가 울렸다. 무슨 다이너마이트라도 폭파시킨 것 같았다. 건이는 눈을 질끈 감았다.

'으윽, 저 영감탱이 지금 제정신이야? 주먹이 완전 으스러졌겠는걸?'

하지만 건이 눈앞에서 믿지 못할 광경이 펼쳐졌다.

수북하게 쌓인 자갈 무더기, 그리고 연기처럼 푸시시 날리는 돌가루와 벚꽃 잎 사이로 우뚝 선 노인.

놀랍게도 노인의 손은 말짱했다. 건이는 너무 놀라서 입이 떡

벌어졌다.

'세상에! 사람 맞나?'

놀라움이 좀 가시자 건이는 왠지 불안해졌다. 봐서는 안 될 걸 본 것 같았다.

'일단 여길 빠져나가자.'

조심조심 왔던 길로 다시 기어서 나가려는데 갑자기 코가 근 질거렸다. 꽃가루가 날리는 꽃밭에 너무 오래 있었던 게 화근이 었다.

'안 돼! 참아야 돼!'

입과 코를 꽉 틀어막았지만 아무 소용없었다.

"에취―잇!"

건이의 의지와는 상관없이 요란한 재채기가 터져 나왔다.

"웬 놈이냐!"

노인이 고개를 획 돌렸다. 건이는 후다닥 달아나려 했지만 순 식간에 붙잡혀 공중에 대롱대롱 매달리는 신세가 되고 말았다.

"오방구결을 훔쳐 들었으니 널 살려 둘 수 없다."

오방구결이 뭔지는 알 수 없었지만 살기가 등등한 노인의 눈 을 보니 거짓말하는 것 같지는 않았다. 건이는 진짜로 죽을지도 모른다는 생각에 온몸이 와들와들 떨렸다.

"내, 내가 뭘? 난 아, 아무것도 못 들었어요!"

건이는 겁이 나서 죽을 것 같았지만 되레 큰소리를 쳤다. 노인은 건이 말을 눈곱만큼도 믿지 않는다는 듯 대꾸했다.

"안 돼. 돌아가신 스승님께 맹세했다. 제자가 아닌 사람에게 오방구결이 누설되면 살려 두지 않겠다고."

눈앞이 캄캄했지만 건이는 정신을 차리려고 애썼다. 그 순간 어떤 생각이 '번쩍!' 머릿속을 스쳤다.

"그, 그럼 제자가 뭔가 내가 해 주면 되잖아요!"

"뭐?"

노인은 허를 찔린 사람처럼 잠깐 멍한 표정을 지었다. 그러더니 건이를 위아래로 죽 훑어보고는 가소롭다는 듯 코웃음을 쳤다.

"비인부전!(非人不傳, 합당한 사람이 아니면 전하지 않음.) 감당할 재능도 없는 놈에게 최강의 권법을 전할 수는 없는 노릇이지. 척 봐도 네놈은 타고난 골격이 너무 형편없어. 무술을 익힐 재목이 못 돼!"

숨이 막혀서 금방이라도 기절할 것 같았다. 건이는 오로지 살아야겠다는 일념 하나로 정신없이 소리쳤다.

"그걸 어, 어떻게 알아요? 내가 얼마나 힘이 센데……."

노인은 뭔가 생각하는 듯하더니 잠시 후 건이의 멱살을 풀었다. 건이는 땅바닥에 털썩 처박힌 채로 한참 동안 캑캑 숨을 골랐다.

"좋다. 곧 죽을 사람 소원이니 못 들어줄 것도 없지."

노인이 어디선가 시멘트 벽돌 하나를 가져와 건이 앞에 툭 던졌다.

"깨 봐."

"네에?"

노인은 짜증난다는 얼굴로 재촉했다.

"깨라고. 주먹으로."

건이는 너무 황당해서 입만 쩍 벌렸다. 그 흔한 태권도장 한 번 안 다녀 봤는데 무슨 수로 시멘트 벽돌을 깨?

건이는 힘이 세다고 우긴 걸 잠깐 후회했지만 곧 마음을 고쳐먹었다. 이렇게 된 이상 계속 밀고 나가는 수밖에 없었다.

"흥! 겨, 겨우 이딴 걸로 나, 날 시험하겠다고요? 나의 천재성을 알아보려면 쇳덩어리 정도는 가져와야……."

노인은 오른손 주먹을 꽉 쥐었다.

"그래서 지금 못하겠다, 그거냐?"

"하, 할게요! 까짓것, 깨 주면 되잖아요!"

건이는 벽돌 앞에 무릎을 꿇고 앉았다.

회색빛 나는 통짜 시멘트 벽돌.

텔레비전에서 봤던 태권도 고단자들도 이렇게 무식하게 격파를 하지는 않았다.

'그래. 이건 꿈이다, 꿈이 분명해. 현실일 리가 없어!'

건이는 이를 악물고 벽돌을 향해 주먹을 내리쳤다.

뚜둑!

"으아아아악!"

손가락뼈가 몽땅 부러진 건 아닐까 싶을 정도로 엄청난 통증이 팔을 타고 올라왔다. 건이는 주먹을 감싸 쥐고 부들부들 떨었다. 꿈이라고 하기에는 너무 생생하게 아팠다.

"흥! 이제 네 주제를 알겠느냐?"

건이가 아파 죽거나 말거나 관심 없다는 투였다. 건이는 찔끔 나온 눈물을 감추고 이를 악물었다. 도대체 내가 뭘 어쨌다고 이러는 거지?

"잠깐만! 아깐 조준을 잘못했어요. 이번엔 잘할 수 있어요!"

건이는 아직도 욱신대는 손을 붙잡고 소리쳤다. 노인은 비웃음이 담긴 눈초리로 고개를 까닥했다. 해 볼 테면 얼마든지 해 보라는 투였다.

건이는 다시 벽돌 앞에 앉았다. 주먹이 벌겋게 달아올라 두 배쯤 부풀어 있었다. 건이는 눈을 감고 아까 보았던 광경을 떠올렸다.

'저 영감탱이도 깼는데 나라고 못할 리가 없어. 나도 할 수

있다!'

건이는 마음속으로 주문을 외웠다.

'내 손은 손이 아니라 쇠다, 쇠!'

건이는 눈을 질끈 감고 벽돌을 향해 주먹을 내리쳤다.

퍼억!

그리고 또다시 휘몰아치는 통증은…… 없었다. 놀랍게도.

건이는 천천히 눈을 떴다. 벽돌은 두 토막으로 갈라져 있었다. 아니, 더 정확히 말하면 잘려 있었다. 칼로 두부를 자른 것처럼 아주 깨끗하고 매끈하게.

놀란 것은 건이뿐이 아니었다. 방금 전까지만 해도 태평하던 노인의 얼굴이 순식간에 흙빛으로 물들었다.

"이놈! 감히 누굴 속이려 들어? 네놈은 이미 무술을 익힌 녀석이 분명해! 나를 찾아온 목적이 뭐냐?"

노인은 흉흉한 기세로 다시 건이의 멱살을 움켜쥐었다. 칭찬까지는 바라지 않아도 이젠 살았다고 생각했는데.

건이는 가슴속에서 뭔가 울컥 올라오는 것을 느꼈다.

"무술이 뭔지 몰라도 난 그런 거 안 배웠다고! 이씨, 벽돌 깨라고 해서 깼잖아, 이 문어 빨판 같은 영감탱이야!"

노인의 얼굴이 진짜 삶은 문어처럼 뻘겋게 달아올랐다.

"뭐야? 이 건방진 놈이 지금 날 보고 문어라고 했느냐?"

건이는 지지 않고 노인의 눈을 똑바로 노려보았다. 너무 억울해서 그런지 갑자기 눈물이 나기 시작했다. 할머니가 돌아가셨을 때도 안 나왔던 눈물이.

"엉엉…… 맘대로 해! 죽이든지 말든지! 어차피…… 나 죽어도…… 아무도 몰라…… 흑흑. 할머니도 죽었고…… 엉엉…… 그냥 보육원에 가기 싫어서 도망친 줄 알겠지, 뭐. 엉엉엉……."

한번 울음이 터지자 주체할 수가 없었다. 건이는 눈물 콧물 범벅이 된 채로 끅끅대며 통곡했다. 노인은 당황한 얼굴이 되어 흠흠, 헛기침을 했다.

"아니, 내, 내가 뭘 어쨌다고 그러냐?"

건이는 한참 동안 땅바닥에 주저앉아 엉엉 울었다. 노인은 그런 건이를 그냥 내버려두었다. 눈물과 콧물을 한 바가지쯤 쏟아 낸 후에야 건이도 겨우 울음을 그쳤다. 마음껏 울고 나자 이상하게도 가슴에서 무거운 돌을 들어낸 것처럼 후련했다.

"남의 집에 허락도 없이 들어와서 제멋대로 엿봐 놓고는 뭘 잘했다고 그렇게 우느냐?"

여전히 타박이었지만 아까보다는 한결 부드러워진 말투였다.

너무 울었던 탓인지 딸꾹질이 났다. 건이는 그제야 조금 민망해져서 딸꾹질을 참아 보려고 애썼다.

"일단 수습 제자로 받아 주마. 수습 제자는 제자가 될 준비를 하는 예비 제자다. 지켜보다가 자질이 없는 것 같으면 그때 죽여도 늦지 않겠지."

건이는 슬쩍 고개를 들어 노인을 훔쳐보았다. 말은 여전히 살벌하게 했지만 자질이 없다고 해서 진짜로 죽일 것 같지는 않았다. 희한했다. 방금 전까지만 해도 그렇게 무섭기만 하던 얼굴이 살짝 친근해 보이기도 했다.

"이제 내 수습 제자가 됐으니 네가 할 일부터 알려 주마. 수습 제자는 스승님을 위해 기본적으로 집을 청소하고, 빨래를 해야 하느니라. 그리고 또……."

건이가 코를 훌쩍이며 끼어들었다.

"수…… 뭐 제자가 그런 것도 해야 돼요?"

노인은 뭘 당연한 걸 묻느냐는 표정이었다.

"본래 진정한 수련은 잡일부터 시작되는 법이야!"

"……."

"아, 그렇지! 수습 제자가 해야 할 제일 중요한 일은 밥을 하는 것이니라. 그러고 보니 갑자기 시장하구나. 일단 안으로 들어가자. 밥은 할 줄 알겠지?"

노인은 조금 전과 달리 친절한 얼굴로 비밀의 집 현관문을 열고는 들어오라는 시늉을 했다.

왠지 그 현관문은 전혀 다른 세상으로 통하는 문처럼 보였다. 한번 넘어서면 다시 돌아올 수 없는.

건이는 들어갈까 말까 망설이다가 잠깐 뒤돌아섰다. 그러고는 그동안 살았던 집이 있는 쪽을 멀리 바라다보았다. 할머니가 없는 빈방을 생각하자 오랫동안 살았던 집이 너무 낯설게 느껴졌다.

'나한테 집은…… 할머니였구나.'

문득 그런 깨달음이 왔다. 건이는 더 이상 미련 없이 비밀의 집 현관 쪽으로 걸어갔다. 노인은 현관 앞에서 사람이 달라진 것처럼 싱글벙글 웃고 있었다.

'좀 수상한데. 설마…… 속임수를 쓰는 건 아니겠지?'

건이는 조금은 꺼림칙한 기분으로 현관문을 넘어섰다.

2. 건방이의 탄생

"속았어, 완전히 속았다고!"

건이는 저녁 설거지를 하면서 열 번째 똑같은 말을 반복하고 있었다. 노인의 수습 제자가 된 지 벌써 일 년이 훌쩍 지났건만 권법 수련은커녕 온갖 집 안 잡일에만 도가 터 버렸다.

건이를 수습 제자로 들인 노인은 자신을 '오방도사'로 칭했는데 그 이유는 '오방권법'이라는 무술의 달인이기 때문이다.

오방권법은 동서남북과 그 중심을 합한 다섯 개의 방위와 각각의 방위에 해당하는 나무, 쇠, 불, 물, 흙의 힘을 기본으로 하는 권법이다. 오방도사는 날이면 날마다 오방권법에는 만고의 진리와 우주의 질서가 들어 있다고 설교를 해 댔다. 건이에게는 대체 무슨 말인지 알 수 없는 얘기였지만.

오방도사는 옷도 오방색으로만 입었다. 오방색은 다섯 방위에 해당하는 색깔로 청, 백, 적, 흑, 황색이다. 오방색은 순수하고 섞음이 없는 색으로 모든 색의 기본이며 아무튼 좋은 색이라고 했다. 물론 이것도 귀에 딱지 앉을 정도로 오방도사에게 자주 듣는 이야기였다.

문제는 그놈의 오방권법을 코딱지만큼도 못 배우고 있다는 것이었다.

오방도사가 거실 벽면에 큼지막하게 써 붙인 건이의 하루 일과는 다음과 같았다.

一. 스승님 밥 차리기.
  (매일 한 끼 이상 고기반찬을 올릴 것)
二. 빨래 및 집 안 청소하기.(마당 쓸기 포함)
三. 오방구결 한 장씩 쓰기.
四. 자기 전에 스승님 안마해 드리기.
※ 그 밖의 일은 그때그때 시키겠음.

아무리 봐도 권법을 수련하는 수습 제자가 아닌, 입주 가사 도우미의 일과표에 가까웠다. 게다가 일과표에는 없지만 진짜로 힘든 일은 따로 있었다. 바로 살림을 꾸려 가는 일이었다.

일 년 전, 그러니까 둘이 처음 만났을 때 오방도사는 거지에 매우 가까운 상태였다. 평생을 혈혈단신 밖으로만 나돌았던 오방도사가 건이를 제자로 맞은 후에야 집에 정착했기 때문이다. 유산으로 물려받았다는 비밀의 집도 너무 낡아 폐가나 다름없었다. 처음 몇 달 동안 극한의 가난을 맛본 건이는 살아남아야 한다는 일념으로 아껴 쓰고 저축하는 법을 익힐 수밖에 없었다.

막 설거지를 끝내고 주방에서 나오는데 오방도사가 건이를 불렀다.

"지필묵을 가져오너라."

오방구결을 쓰게 시키려는 모양이다. 건이는 화선지 한 장과 연필을 챙겨 들고 안방으로 갔다. 원래는 붓으로 써야 하지만 요즘에는 그냥 연필로 썼다. 건이의 엉망진창 붓글씨를 보다 못한 오방도사가 마지못해 연필을 허락했기 때문이다.

어스름한 안방에는 촛불만 하나 켜져 있었다. 오방도사 말로는 보안을 위해서라는데 건이가 보기에는 그냥 분위기를 잡기 위해서인 것 같았다.

"또박또박 쓰거라."

"네~에."

건이는 건성건성 대답하며 평소처럼 개발새발 오방구결을 써 내려가기 시작했다.

오방구결은 오방권법을 사사받은 제자에게 구전으로만 내려오는 일종의 권법 이론이다. 오방도사도 돌아가신 스승님에게서 입으로 전해 들어 외우게 되었다고 했다. 암기 실력이 좋지 않은 건이도 똑같은 내용을 수백 장 쓰다 보니 이제는 오방구결을 달달 외우게 되었다.

천지간의 모든 원리가 오방에 담겨 있으니 이를 권(拳)에 담아 '오방권법'이라 한다. 오방권법을 익히고자 하는 자는 먼저 어질고 의로우며 예의 바르고 지혜로운 심성부터 닦아야 할 것이니 이를 가리켜 '인의예지(仁義禮智)'라 한다.

권법 시전의 이치는 오방의 기운에 순응함에 있다. 모든 움직임에는 타오르는 불꽃의 기세를 담되, 그 연결은 흐르는 물과 같이 부드러워야 한다. 나무가 뿌리를 뻗듯 하체에 중심을 실을 것이며 주먹은 무쇠처럼 강하게 뻗는다. 이 모든 것을 가능하게 하는 것은 우주의 중심인 흙의 기운, 즉 나 자신을 믿는 '신(信)'의 마음가짐이다.

처음에는 이 구결만 주문처럼 외우면 오방도사처럼 바위를 부술 수 있게 될 줄 알았다. 그런데 웬걸, 오방구결을 외우면서 벽돌을 깨 보려다가 애꿎은 손만 부르트고 말았다. 오방도사를 처음 만났을 때 일어났던 기적은 말 그대로 기적인 게 확실했다. 오방도사 역시 '저놈은 무술을 배운 놈이 아니야. 더구나 권법에 재능이라곤 눈 씻고 찾아봐도 없고.' 하며 고개를 갸우뚱했다.

건이가 오방구결을 모두 쓰자 오방도사는 읽어 보지도 않고 종이를 촛불에 갖다 댔다. 화선지에 화르륵 불이 붙었다. 오방도사는 불붙은 종이를 놋화로에 집어넣었다. 오방구결은 순식간에 타서 재로 변했다.

오방구결도 다 썼으니 이제 남은 건 그거였다. 건이는 애써 기운 없는 표정을 지으며 오방도사를 불쌍하게 쳐다보았다.

"사부, 오늘은 좀 피곤한데……."

오방도사는 들은 척도 하지 않고 자라처럼 바닥에 넙죽 엎드렸다.

"요즘 과로를 해서 그런지 어깨가 뻐근하구나. 꽉꽉 좀 주물러라."

수습 제자가 된 후 건이가 제일 속았다고 생각하는 대목이 바로 '스승님 안마하기'였다. 오방도사는 오방구결을 쓰고 나면

꼭 한 시간씩 안마를 시켰는데, 건이에게는 그게 하루 일과 중 제일 귀찮은 일이었다.

어차피 오늘도 안 하고 넘어가긴 글렀다는 생각이 들자 건이는 얼굴을 찌푸리며 오방도사 옆에 털썩 주저앉았다.

"……웃기시네. 과로는 무슨 놈의 과로, 과로는 내가 하지. 날마다 설거지하랴, 청소하랴, 빨래하랴……."

"이놈, 대체 뭐라고 구시렁대느냐?"

"어휴, 어깨가 심하게 뭉치셨네요?"

건이는 서둘러 오방도사의 어깨를 팡팡팡 두들겼다. 경쾌하면서도 리드미컬한 손동작이었다. 안마도 매일매일 하다 보니 프로급 실력이 되었다.

십 분쯤 지나자 건이의 이마에 땀이 송골송골 맺혔다. 그도 그럴 게 오방도사는 여간한 강도가 아니면 느낌도 안 난다고 야단이었다. 할 수 없이 온 힘을 다해서 두들겨야 했는데, 처음에는 손이 퉁퉁 부을 정도로 고생을 했다. 이제는 건이도 요령이 생겨서 손이 아프지는 않았지만 그에 맞춰 안마 시간이 조금씩 늘어나서 힘든 건 여전했다.

"그만. 이제 그 정도면 된 것 같구나."

시작한 지 삼십 분도 되지 않았는데 갑자기 오방도사가 안마를 중지시켰다.

"왜요? 시간을 채우려면 아직 멀었는데."

오방도사는 건이의 말을 무시하듯 자리에서 벌떡 일어나더니 휘적휘적 밖으로 나갔다.

"따라오너라."

건이는 어리둥절한 얼굴로 오방도사를 따라 현관문을 나섰다.

별도 없이 달만 휘영청 밝은 밤이었다. 오방도사가 향한 곳은 집 뒤꼍이었다. 오방도사는 땅에 굴러다니던 벽돌 하나를 주워 들고는 건이에게 불쑥 내밀었다.

"깨 봐."

"네?"

건이는 무슨 소린가 싶어서 멀뚱멀뚱 서 있기만 했다. 그러자 오방도사가 짜증난다는 얼굴로 다시 말했다.

"깨라고, 주먹으로."

그 말을 듣자 건이는 갑자기 오방도사를 처음 만난 날이 기억났다. 우연인지 모르겠지만 장소도 똑같았다. 건이는 자다가 무슨 봉창 두들기는 소리냐고 항의를 하려다가 오방도사의 얼굴을 보고 입을 다물었다. 오방도사는 건이를 처음 만났을 때 짓던 그 엄한 표정으로 서 있었다.

'설마, 자질이 안 되면 나중에라도 죽인다던 그 말이 진짜였던 건 아니겠지?'

갑자기 정신이 번쩍 들었다.

"씨이…… 뭘 제대로 가르쳐 주지도 않고……."

건이는 오방도사의 귀에 들리지 않을 정도로 조그맣게 중얼거리며 벽돌을 받았다. 일 년 전 그날과 똑같은 시멘트 벽돌.

'도대체 이놈의 벽돌은 어디서 자꾸 나오는 건지.'

건이는 쭈뼛거리며 일단 무릎을 꿇고 앉아 벽돌을 앞에 놓았다. 하지만 도저히 엄두가 나지 않았다. 건이는 벽돌 위에 손도 못 올린 채 한숨만 푹푹 쉬었다. 그런 건이를 보고 오방도사가 입을 열었다.

"오방구결을 몇 백 장이나 쓰고도 그 이치를 깨닫지 못했구나! 오방구결에서 말하는 '신(信)'이 대체 무엇이란 말이냐!"

건이는 머릿속으로 오방구결을 빠르게 되짚어 보았다.

신(信)의 마음가짐―모든 것을 가능하게 하는 것은 나 자신을 믿는 마음.

그러자 뭔가 깨달음이 왔다.

'그래. 일 년 전 그때도 할 수 있다고 생각하니까 벽돌이 잘렸잖아. 나 자신을 믿어 보자.'

그렇게 생각하니 이상하게 마음이 편안해졌다.

'나는 할 수 있다!'

건이는 정신을 가다듬고 돌 위에 주먹을 올려놓았다.

"이얍!"

건이는 불끈 쥔 주먹을 벽돌 위로 내리쳤다. 그러자 눈으로 보고도 믿지 못할 일이 벌어졌다.

파삭!

벽돌에서 과자 부스러지는 소리가 났다. 건이가 놀라 내려다보니 벽돌이 형체를 알 수 없도록 완전히 부서져 있었다. 벽돌이 그 지경인데도 손에 통증은커녕 느낌조차 거의 없었다.

"우와아!"

건이는 펄쩍 뛰어오르며 환호성을 질렀다. 그런 건이를 보며 오방도사가 흐뭇한 미소를 지었다. 건이는 아직도 흥분이 가시지 않은 얼굴로 소리를 질렀다.

"내가 이걸 어떻게 깼지?"

오방도사가 피식 웃으며 대답했다.

"네 녀석이 해 놓고도 몰라? 오방구결의 참뜻을 깨달았기에 된 것이 아니냐?"

건이가 고개를 갸웃했다.

"저번에 오방구결을 외우면서 시도했을 땐 안 됐는데……"

그러자 오방도사가 당연하다는 얼굴로 말했다.

"쯧쯧. 권법을 배우는 게 이론만으로 될 줄 알았더냐? 네 녀석이 매일 했던 안마가 주먹을 단련하는 수련이었느니라. 안마를 할 때 나의 기가 너에게 전달되어서 자연스럽게 내공(內功, 무술을 할 때 쓰이는 몸 안의 힘)이 쌓이게 된 것이지."

"오올, 그렇게 깊은 뜻이!"

건이는 뒤늦게야 존경의 눈길로 오방도사를 바라보았다. 오방도사가 수염을 쓰다듬으며 거만하게 헛기침을 했다.

"오늘부터 너는 나, 오방도사의 정식 제자가 되었다. 새롭게 시작하는 의미로 너에게 새 이름을 주겠다. 앞으로는 '튼튼할 건(建)' 대신 '하늘 건(乾)'에 '방위 방(方)' 자를 써서 '건방이'라 부르겠다. 건은 천지만물을 이루는 건곤감리 중 첫째가는 하늘이란 뜻이요, 방은 오방권법을 익힌 제자라는 뜻이다."

"건방…… 이요?"

건이는 새 이름을 입 안에서 굴려 보았다. '하늘의 방위'라는 뜻이 멋지기도 했고, 부르기에도 그냥 '건이'보다는 입에 더 착착 감기는 게 마음에 들었다.

"이제부터는 정식 권법 수련으로 들어간다. 앞으로는 '수석술

(手石術)'로 공격하고 방어하는 기본 기술을 익히게 될 것이다."

"진짜요? 와, 신난다! 근데 수석술이 뭐예요?"

오방도사가 혀를 끌끌 찼다.

"이런 무식한 놈! 방금 네가 쓴 것이 수석술 아니고 뭐더냐? '손 수(手)', '돌 석(石)', '재주 술(術)', 손을 순간적으로 돌처럼 강하게 만드는 기술이다. 오방권법을 제대로 구사하려면 수석술을 자유자재로 쓸 수 있어야 하느니라."

그러고 나서 오방도사는 걱정스럽다는 눈빛으로 건이를 잠깐 쳐다보았다.

"……너처럼 둔한 녀석이 과연 잘 해낼 수 있을지 의문이다만."

건이는 의기양양한 표정으로 기운차게 대답했다.

"히히, 걱정 붙들어 매라니까요. 나 권법 천재 건방님한테는 문제없으니까!"

오방도사는 기가 막힌 나머지 잠깐 말을 잇지 못하다가 뒤늦게 소리를 빽 질렀다.

"권법 천재가 다 얼어 죽었느냐? 헛소리 말고 수련이나 열심히 해!"

3. 이 년 후

    가로등이 하나둘 켜지는 시각, 학원가 상점에서 두 명의 아이
가 군것질을 하고 있었다.

    "야, 그 소문 들었냐?"

    "뭔 소문?"

    초등학교 3학년쯤으로 보이는 아이가 핫도그를 한입 베어 먹
으며 물었다.

    "머니맨 말이야."

    "머니맨?"

    옆에서 회오리 감자를 와삭와삭 씹던 아이가 '아직도 그걸
모르다니!' 하는 투로 신나게 말을 이었다.

"골목길 같은 데서 혼자 걸어가다가 깡패를 만나잖아? 그럴 때 '머니맨! 도와줘요!' 이렇게 세 번 외치면 머니맨이 나타난대. 머니맨은 'M' 자가 박힌 야구 모자를 쓰고 있는데 싸움을 완전, 캡짱 잘한대. 10대 1로도 이긴대."

"그런데 왜 머니맨이야?"

핫도그가 고개를 갸웃하며 묻자 회오리 감자는 특급 비밀이라는 듯 목소리를 낮췄다.

"그게 말이지, 머니맨은 나쁜 놈을 다 물리쳐 주고 나서……."

"그러고 나서?"

핫도그가 침을 꼴깍 삼켰다.

"돈을 달라고 한대."

"뭐?"

회오리 감자가 킬킬 웃었다.

"진짜야. 그래서 머니맨이래."

"완전 어이없네."

핫도그가 김샜다는 얼굴로 중얼거렸다.

"어차피 누가 지어낸 얘기겠지 뭐. 어, 저기 엄마 차다. 야, 잘 가라!"

회오리 감자는 핫도그를 툭 한번 치고는 큰길로 달려갔다. 도로가에 아담한 경차 한 대가 깜빡이를 켜고 있는 게 보였다.

핫도그는 회오리 감자가 차에 올라타는 것을 멀찌감치 바라보다가 터덜터덜 골목길 쪽으로 들어섰다.

'우리 엄마도 데리러 오면 얼마나 좋아. 저녁때는 좀 무서운데.'

요즘 이 근처에는 무서운 형들이 나타나 초등학생한테서 돈이나 스마트폰을 뺏는다는 소문이 무성했다. 핫도그는 가방 속에 들어 있는 신형 스마트폰을 떠올리며 서둘러 걸음을 옮겼다.

골목길 모퉁이를 막 돌아선 순간이었다. 저쪽 가로등 아래에 고등학생으로 보이는 형 서너 명이 모여 있는 게 보였다. 가로등 불빛 아래로 뿌연 담배 연기도 보였다. 핫도그의 머릿속으로 '담배 = 불량 청소년' 공식이 스치고 지나갔다.

'침착하자. 별일 없을 거야.'

핫도그는 먹다 만 핫도그를 손에 꼭 쥔 채로 걸음을 재촉했다. 기분 탓인지 형들이 핫도그를 힐끔힐끔 쳐다보며 뭐라고 수군거리는 것 같았다. 핫도그가 그 옆을 막 지나칠 때였다.

"어이, 잠깐 이리 좀 와."

머리를 빡빡 민 형이 핫도그를 불렀다. 핫도그의 가슴이 철렁 내려앉았다.

'어떡하지······.'

핫도그는 일 초 동안 도망갈까 말까 고민했다. 그 고민을 알아채기라도 한 것처럼 곧이어 협박조의 목소리가 들렸다.

"안 들려?"

핫도그는 간이 콩알만 해져서 도망가기를 포기하고 쭈뼛쭈
뼛 가로등 쪽으로 다가갔다.

"크크…… 바짝 얼었네? 우리 나쁜 형아들 아니니까 걱정
마. 물론 니가 잘 협조했을 때 얘기지만."

이번에는 뚱뚱한 형이 핫도그 어깨에 손을 얹었다.

"……네."

핫도그는 덜덜 떨기만 했다.

"형아들이 급히 전화할 데가 있어서 그러는데, 폰 좀 줘 봐."

핫도그의 가슴이 두방망이질을 시작했다.

"어, 없어요. 오, 오늘은 노, 노, 놓고 왔어요."

핫도그는 자기도 모르게 거짓말을 했다. 산 지 일주일밖에 안 된 최신형 스마트폰, 그걸 사느라 일 년 넘게 모은 용돈을 모조리 쏟아부었는데…….

분위기가 갑자기 험악하게 변했다.

"아, 이거 착하게 살아 보려고 했는데 영 협조를 안 해 주네. 가방 털어 봐서 나오면 그땐 죽는다."

"형들…… 제가 잘못했어요. 한번만 봐 주세요……."

담장 안쪽에 있는 집들에는 모두 불이 환하게 켜져 있었지만 누구 하나 내다보는 사람이 없었다.

'누가 제발 저 좀 살려 주세요!'

핫도그 머릿속에 갑자기 어떤 생각이 번쩍 떠올랐다. 아까는 웃어넘겼지만 막상 위급한 상황이 되니까 달리 아무런 생각도 안 났다. 핫도그는 혼잣말처럼 더듬더듬 중얼거렸다.

"머, 머니맨, 도와주세요!"

뚱뚱이가 낄낄거리며 웃었다.

"얘, 뭐래냐?"

핫도그는 조금 더 소리를 높였다.

"머니맨! 도와주세요! 머, 머니맨……!"

빡빡이가 담배를 발로 비벼 끄면서 주먹을 들어 올렸다.

"야, 조용히 안 해?"

핫도그는 죽을힘을
다해 마지막으로 소리쳤다.

"도와주세요!"

핫도그는 이제 죽었다고 생각하며 눈을
꼭 감고 그 자리에 주저앉았다.

순간 어디선가 스산한 바람이 휘익, 불어왔다.

픽! 윽! 픽! 악! 털썩!

바로 앞에서 치고받는 소리가 몇 번 들리는가 싶더니 사방이
고요해졌다. 핫도그는 질끈 감았던 눈을 슬그머니 떴다.

"앗!"

아까 자기를 협박하던 형들이 모두 바닥에 쓰러져 있는 게
보였다. 완전히 기절했는지 아예 움직임이 없었다.

그사이로 자그마한 체구의 사람이 우뚝 서 있는 게 보였다.
깊게 눌러 쓴 야구 모자 때문에 얼굴은 잘 보이지 않았지만, 모
자 위에 박힌 'M' 자만은 선명한 빛을 냈다.

"머, 머니맨! 진짜로……?"

핫도그는 저도 모르게 벌떡 일어섰다. 너무 절박해서 부르긴
했지만 진짜로 나타날 거라고는 믿지 않았는데…….

머니맨은 상상했던 것과는 많이 달라 보였다. 키도 작고 삐쩍
마른 게 잘해 봐야 초등학교 4학년 정도밖에 안 되는 것 같았다.

하지만 핫도그의 눈에는 근육질 헐크보다도 더 멋지게 보였다.

아직도 벌어진 입을 다물지 못한 핫도그 앞으로 머니맨이 자박자박 걸어왔다.

"초딩은 500원, 중딩은 600원, 고딩은 700원인데 고딩 세 놈이니까 2,100원. 7시가 지났으니까 야간 할증료 100원씩 추가해서 합이 2,400원이야."

머니맨은 기계처럼 억양 없는 목소리로 요금을 좔좔 읊으며 한 손을 불쑥 내밀었다.

핫도그는 어안이 벙벙해 있다가 머니맨한테는 돈을 줘야 한다던 말이 생각났다. 핫도그는 서둘러 바지 주머니를 뒤졌다. 천 원짜리 지폐 두 장이 나왔지만 동전은 하나도 없었다. 핫도그가 쭈뼛거리며 지폐 두 장을 내밀었다.

"400원 부족한데……."

머니맨은 말없이 지폐를 받았다. 그러고는 핫도그가 손에 쥐고 있던 반쯤 남은 핫도그를 함께 채갔다.

다음 순간, 머니맨이 땅으로 꺼진 것처럼 획 사라졌다.

"어?"

핫도그는 두리번거리며 사방을 살펴보았다. 보이는 것은 여전히 바닥에 쓰러져 있는 형들과 가로등뿐이었다.

"고, 고맙습니다!"

핫도그는 허공에 대고 몇 번이나 허리를 굽혀 인사한 후, 탁탁 골목을 빠져나갔다.

골목이 내려다보이는 근처 집 지붕 위에서 야구 모자를 쓴 그림자가 그 모습을 지켜보고 있었다.

"쳇, 다 식었잖아."

머니맨은 투덜거리면서도 식어 빠진 핫도그를 깨끗이 먹어 치웠다. 그리고 빈 막대기를 휙 집어 던진 후 지붕 사이를 붕붕 날아 어디론가 향했다.

머니맨이 도착한 곳은 비밀의 집이었다. 비밀의 집 일 층 거실에 불이 환하게 켜져 있었다.

"어? 사부가 왔나?"

건방이는 야구 모자를 벗은 후 서둘러 집 안으로 뛰어 들어갔다.

4. 스승과 제자가 사는 법

찰싹!

"아얏!"

현관문을 들어선 건방이는 머리에 따끔한 충격을 느꼈다.

"어디를 싸돌아다니다 이제야 들어오느냐? 스승님 배곯는 것
도 모르고!"

고개를 들어 보니 오방도사가 알록달록한 효자손을 들고 서
있었다. 오방색 줄무늬로 칠해진 효자손은 오방도사가 늘 허리
춤에 차고 다니며 애지중지하는 물건이다.

"씨…… 사부가 오늘 올지, 내일 올지, 일주일 후에나 올지
내가 어떻게 알아요? 연락도 안 하고 마음 내킬 때나 들어오면

서……."

건방이는 억울해 죽겠다는 표정으로 머리를 쓱쓱 문질렀다.

"떽! 제자란 자고로 스승님이 언제 어느 때 오시더라도 불편함이 없도록 만반의 준비를 갖춰 놓아야 하는 법! 네놈은 정신 상태부터 고쳐야 돼!"

오방도사는 효자손을 획획 휘두르며 노여워했다.

"아, 몰라, 몰라! 맘에 안 들면 다른 제자를 들이든가."

건방이는 이런 일을 한두 번 겪어 본 게 아니라는 듯 심드렁하게 대꾸했다.

"요런 건방진 녀석! 으이구, 내가 이름을 잘못 지었어. 그러니까 네놈이 점점 더 건방져지지!"

"흥, 내가 건방져서 건방이면 사부는 오두방정이라 오방도사게?"

"뭐야?"

오방도사는 약이 올라서 펄펄 뛰었다. 건방이는 그런 오방도사를 내버려 두고 주방으로 들어갔다. 어차피 오방도사의 노여움은 배를 채우기 전까지 계속될 것이 분명했다. 오방도사는 배가 고프면 까칠해지고, 배가 부르면 언제 그랬느냐는 듯 너그러워졌다.

건방이는 라면 다섯 개를 끓여서 개다리소반 위에 냄비째로

올려놓았다. 그 옆에 쉰 김치를 가득 담은 보시기도 얹었다. 집에 식탁이 있었지만 오방도사는 항상 개다리소반만을 고집했다.

"열흘 만에 집에 오신 스승님한테 겨우 라면이냐?"

오방도사는 투덜거리면서도 서둘러 젓가락을 집어 들었다. 그 뒤로는 말이 필요 없었다. 건방이와 오방도사는 사이좋게 머리를 맞대고 후루룩후루룩 라면을 나눠 먹었다. 큼지막한 냄비 안에 가득했던 라면이 순식간에 바닥을 드러냈다.

"찬밥은 없느냐?"

오방도사가 아쉽다는 듯 쩝쩝 입맛을 다셨다.

"그럴 줄 알고 미리 준비해 뒀죠."

건방이는 얼른 주방으로 뛰어 들어가 노란 유기 대접에 가득 퍼 놓은 찬밥을 가져왔다. 둘은 남은 라면 국물에 찬밥을 풍덩 말아 게걸스럽게 먹어 치웠다.

"꺽."

오방도사는 찬밥까지 삭삭 긁어 먹고 나서야 만족스럽다는 표정으로 두 다리를 쭉 뻗고 누웠다.

"청산이~ 높~다 하되~~ 하~늘 아래~~."

건방이는 오방도사의 시조 소리를 들으며 설거지를 했다. 오방도사는 배부르고 등 따뜻하고, 그래서 만사가 다 귀찮아지면 긴 시조를 엄청 느리게 부르고는 했다. 건방이를 제자로 삼기 전에는 괴나리봇짐 하나 덜렁 메고 구름처럼 바람처럼 떠돌며 살았던 오방도사도 이제는 불 켜진 집으로 돌아오는 것이 좋은 눈치였다. 물론 그건 건방이도 마찬가지였다.

"제자야, 속이 더부룩하구나. 얼음 동동 띄운 식혜 한 사발 가져오너라."

오방도사는 집에 캔으로 된 식혜밖에 없다는 걸 알면서도 꼭 그렇게 주문했다. 음식은 먹음직스러운 이미지로 상상해야 한다는 게 이유였다. 건방이는 냉장고를 뒤졌다. 하필 오늘따라 식혜가 한 방울도 남아 있지 않았다.

"어제 장을 봤어야 하는 건데……."

오방도사가 이렇게 일찍 돌아올 줄 몰랐던 것이 실수였다. 건방이는 할 수 없이 자기가 먹으려고 사 놓은 캔 콜라를 집어 들었다.

"엥? 이게 무엇인고?"

"식혜가 다 떨어졌어요. 그냥 콜라 마셔요."

"그러니까 자고로 제자란, 스승님이 언제 어느 때 오시더라도 불편함이 없도록 만반의 준비를 갖춰 놓아야 하는 법이라고 내가 누차 말하지 않았느냐! 네놈은 정신 상태가……."

오방도사는 아까 했던 잔소리를 재방송하며 마지못해 콜라를 건네받았다.

"지리산에 갔다 온 거죠? 뭐 좀 건졌어요?"

건방이는 아까부터 벼르고 별렀던 걸 물어보았다. 오방도사는 콜라가 의외로 입에 맞았던지 홀짝홀짝 아껴 먹으며 딴청을 부렸다.

"어허, 먹은 게 쑥 내려가는 것 같구나."

"아, 뜸 들이지 말고요. 설마 빈손으로 온 건 아니죠?"

건방이가 안달복달하자 오방도사는 눈짓으로 거실 한구석에 처박힌 괴나리봇짐을 가리켰다. 건방이는 잽싸게 괴나리봇짐을 풀어 헤쳤다. 봇짐 속에는 시들시들한 약초 서너 뿌리가 들어 있었다.

"에계계…… 이게 다야? 열흘 동안 대체 뭘 한 거예요?"

오방도사의 얼굴이 붉게 달아올랐다.

"뭘 하다니? 이게 얼마나 고생해서 모은 것들인 줄 아느냐? 요즘은 사람 발이 안 닿는 계곡이 없어 신통풀이 잘 나지 않는 데다가 캐러 다니는 사람들이 배로 늘었단 말이다!"

먹으면 신통한 힘을 내는 신통풀은 무술인들 사이에서 은밀하게 거래되는 약초다. 보통 약초와는 달리 내공이 없으면 몸에 흡수되지 않아서 일반 사람들은 먹어도 아무 소용이 없었다. 신통풀은 한 뿌리를 온전하게 씹어 먹어야만 효과가 있는데, 오래 묵은 것일수록 힘의 강도가 세고 지속 시간도 길었다. 오방도사는 수련도 할 겸, 신통풀도 캘 겸해서 정기적으로 산행을 다녔다.

건방이는 오방도사의 말을 한 귀로 듣고 한 귀로 흘리면서 신통풀을 살펴보았다.

"이십 년 근 눈밝이풀, 오 년 근 동물말통역풀…… 오, 이건 돈이 좀 되겠는데? 사십 년 근 천하장사풀."

그 모습을 지켜보던 오방도사가 끌끌 혀를 찼다.

"어린놈이 어쩌다가 저리 속세의 때가 묻었는지…… 쯧쯧."

건방이는 오방도사를 찌릿 째려보았다.

"어쩌다가요? 당연히 사부 잘못 만나는 바람에 그렇게 됐죠! 쌀 한 톨 없는 집에 덜렁 데려와 놓고 밥해 와라, 고기반찬 내 와라…… 그러니 속세의 때가 묻지 안 묻어요? 생활비도 제대로 안 주면서……."

오방도사는 조금 머쓱한 표정을 짓다가 뭔가 생각나는 게 있었는지 큰소리를 쳤다.

"내가 얼마 전에 백 년 묵은 산삼을 캐 왔지 않느냐? 그때 쥐여 준 목돈은 다 어쨌느냐?"

건방이는 "허." 하고 한숨을 쉬고 나서 조목조목 따지고 들었다.

"그 얼마 전이란 게 일 년도 더 지난 일이거든요? 매월 식비

만 해도 엄청난데 전기세에 기름값 내랴, 세금 내랴, 의료비, 교통비…… 살림하려면 돈이 얼마나 많이 들어가는 줄 알아요? 그 산삼값 사라진 지 벌써 옛날이라고요! 요즘은 초등학생도 교육비가 엄청 들어가는 거 몰라요? 난 학교 준비물도 제대로 못 사 간다고요!"

오방도사는 그만 말문이 막히고 말았다. 건방이의 말을 듣다 보니 그동안 자신이 좀 무심했다는 생각이 들었다. 무능한 스승을 만나 고생하고 있는 어린 제자도 딱하게 생각되었다.

'군것질할 용돈은 못 줄 망정 준비물 하나 제대로 못 사 주다니, 내가 정말 못난 스승이구나.'

오방도사는 잠깐 망설이다가 뒤돌아서서 바지 속에 손을 넣었다. 한참 부스럭대며 뭔가 뒤져 대던 오방도사가 꼬깃꼬깃 접은 지폐 한 장을 꺼내 들었다. 하도 때가 타서 좀 피곤해 보이는 신사임당의 얼굴이 그려진 오만 원짜리였다.

"아무리 그래도 학교 준비물을 못 사 가면 되겠느냐? 내 비상금인데 일단 이거라도 갖다 쓰거라. 신통풀이 팔리거든 더 주마."

"또 빤스에 비상금 주머니 만든 거예요? 나 참, 누가 훔쳐 간다고."

건방이는 얼굴을 찌푸리며 오방도사를 타박하면서도 얼른

돈을 받아 챙겼다.

오방도사는 아무래도 미안했던지 한마디 덧붙였다.

"제자야, 예전에 나 따라서 금강산에 가 보고 싶다고 했지? 다음번엔 꼭 데려가마. 내 약속하지."

건방이는 속으로 회심의 미소를 지었다. 사실 오방도사가 가끔씩 가져오는 목돈은 적금 통장에 차곡차곡 쌓여 가는 중이다. 오방도사는 돈 관념이 유치원생보다 못해서 건방이의 그럴싸한 거짓말에도 속수무책이었다.

오방도사가 일찌감치 잠자리에 들고 난 후, 건방이는 책상에 앉아 가계부를 썼다.

"머니맨 일당 2,000원, 사부가 준 용돈 50,000원, 총 수입 52,000원. 음, 오늘도 보람찬 하루였군."

요즘 머니맨 아르바이트가 제법 쏠쏠해서 가계부 쓸 맛이 났다.

드르렁드르렁.

오방도사가 코를 고는 소리가 들려왔다. 옆방에서 자는데도 바로 옆에 있는 것처럼 요란했다. 건방이는 피식 웃고 나서 가계부를 덮었다.

"내일은 꼭 장 봐야지. 식혜도 사 오고."

5. 전학생 백초아

새 학년이 시작된 지 벌써 한 달이 다 되어 가지만 교실은 여전히 들떠 있었다. 이제는 5학년, 명실상부한 고학년이 된 탓인지 교실은 작년보다 한층 꽉 찬 분위기였다.

"따끈따끈한 속보가 왔습니다! 오늘 우리 반에 전학생이 온다고 합니다!"

오지만이 교실 앞문으로 구르듯이 뛰어 들어와 소리를 질렀다. 건방이와 4학년 때부터 같은 반인 오지만은 '오지랖'이라는 별명처럼 언제나 까불까불 수선스러웠다.

오지랖이 물고 온 소식에 교실 안이 갑자기 바글바글 끓어올랐다.

"남자야, 여자야?"

"우리 반엔 남자가 많으니까 여자였으면 좋겠다!"

이윽고 담임이 여자애 한 명을 데리고 교실로 들어왔다. 동시에 교실 안을 가득 채우던 수군거림이 뚝 멎었다. 호기심 어린 아이들의 시선이 낯선 여자애 얼굴로 쏠렸다.

"오늘 전학 온 친구다. 자기소개를 들어 볼까?"

여자애 얼굴에는 아무런 표정이 없었다. 가지런히 빗어 뒤로 질끈 묶어 넘긴 머리채가 허리께까지 닿아 있었다.

"백초아야."

여자애는 여전히 무표정한 얼굴로 자기소개를 마쳤다. 그 흔한 '반가워.'라든가 '잘 부탁해.'라는 말도 없었다.

"야, 이쁘긴 한데 완전 얼음장이다."

"그러게. 무서워서 말도 못 붙이겠다."

건방이 앞에 앉은 남자애 둘이 숙덕이는 소리가 들렸다. 그때, 교실 뒤편에 앉아 있던 희멀

건 남자애가 벌떡 일어섰다.

"반갑다. 나는 5학년 2반 회장 김면상이야. 우리 반을 대표해서 환영할게. 궁금한 게 있거나 어려운 일이 생기면 언제든지 말해."

자기한테 얘기한 것도 아닌데 몇몇 여자애들이 얼굴을 붉히며 면상이를 훔쳐보았다.

'어휴, 쟤는 저 오글거리는 말을 어떻게 아무렇지도 않게 하냐.'

건방이는 속으로 혀를 내둘렀다.

면상이는 성적, 얼굴, 매너까지 3박자를 두루 갖춘 학교 '엄친아'로 유명한 애다. 다들 내년 전교 회장 선거에서 면상이가 당선되는 건 이미 따 놓은 당상이라고 했다. 그래서 그런지 여자애들은 물론이고 남자애들도 면상이한테 껌뻑 죽었다. 심지어 그 천방지축으로 날뛰는 학년 일짱 호길이 녀석도 면상이에게는 굽히고 들어갈 정도였다.

"……"

초아는 '별 이상한 놈을 다 보겠네.' 하는 표정으로 면상이를 빤히 쳐다보더니 담임에게 '내 자리나 빨리 알려 주시죠.' 하는 눈짓을 했다.

"그, 그럼, 앞으로 친하게 지내라."

담임은 상투적인 말로 어색한 상황을 마무리했다.

건방이는 어쩐지 고소한 생각이 들어 면상이의 얼굴을 슬쩍 돌아보았다. 면상이는 무안하지도 않은지 여전히 싱글싱글 웃는 얼굴이었다.

김새서 다시 고개를 돌리려던 건방이의 눈에 순간적으로 이상한 것이 보였다. 웃고 있는 면상이의 얼굴 위로 일그러진 노인의 얼굴이 겹쳐 보였던 것이다. 건방이는 깜짝 놀라 눈을 비비고 다시 면상이를 바라보았다. 아무리 봐도 그냥 면상이였다.

'요즘 내가 너무 과로를 했나? 헛것이 다 보이네.'

건방이는 뻣뻣한 뒷목을 주물렀다.

'돈도 좋지만 몸이 재산인데…… 머니맨 알바는 며칠 쉬어야 겠다.'

방과 후, 건방이는 마음이 바빴다. 오늘은 왕창 마트가 세일하는 날이다. 3시부터 5시까지, 딱 두 시간 동안 왕창 세일을 한다.

"야, 이건방! 같이 피시방 가자!"

누군가 책가방을 메고 있는 건방이에게 어깨동무를 했다. 오지랖이었다. 녀석은 워낙 넉살이 좋아서 아무한테나 잘 엉겨 붙었다. 별로 친한 사이가 아닌데도.

"미안. 오늘은 일이 있어서."

"그래? 할 수 없지 뭐."

오지랖은 별로 아쉬워하지도 않고 포르르 다른 애한테 엉겨 붙었다.

"건방이는 날 배신했지만, 넌 다르겠지? 피시방 가자!"

건방이는 조용히 교실 문을 빠져나왔다. 건방이는 반 애들 누구와도 친하지 않았다. 언제나 한발 물러서서 조용히 지켜보는 쪽이었다. 머니맨이 된 후로는 더욱더 그랬다.

벌써 3시 반이 넘어가고 있었다. 건방이는 마음이 급해졌다. 큰길로 가면 마트까지 삼십 분도 더 걸릴 테고, 그럼 물 좋은 '1+1 고등어'나 '반값 삼겹살' 같은 건 다 팔려 버릴지도 모르는 일이다.

건방이는 문구점 옆쪽으로 난 길을 바라보았다. 좁고 후미져서 낮에도 사람들이 잘 다니지 않는 골목길이었다.

'저쪽 골목에서 지붕 몇 개만 뛰면 금방인데.'

건방이는 잠깐 망설이다가 골목길 쪽으로 종종걸음을 쳤다.

예상대로 골목길은 텅 비어 있었다. 건방이는 쾌재를 부르며 담장 옆으로 보이는 지붕 위로 훌쩍 뛰어올랐다. 수련하는 동안 꾸짖기만 하는 오방도사가 유일하게 건방이를 칭찬하는 게 있다면 바로 이 '도약술(跳躍術)'이다. 건방이는 뼈대가 가늘어서 근력은 약했지만 몸이 가벼워서 높은 곳까지 쉽게 뛰어오를 수 있었다.

건방이가 다른 집 지붕으로 점프하려던 찰나, 발소리가 들렸다. 건방이는 재빨리 지붕 위에 납작 엎드렸다.

"어? 쟤는?"

오늘 아침에 전학 온 백초아였다. 초아는 아침에 본 그 무표정한 얼굴로 따박따박 발소리를 내며 골목길로 걸어 들어왔다.

"으, 여긴 변태들이 자주 출몰하는 지역인데. 하긴 이제 막 전학을 왔으니 잘 모르겠지."

초아가 지나갈 때까지 꼼짝없이 엎드려 있을 수밖에 없게 된 건방이는 시계를 확인했다. 4시.

"이러다가 고등어하고 삼겹살이 동나겠군."

건방이는 점점 초조해졌다.

"빨리 가. 빨리 가. 빨리 빨리……."

거의 주문을 외우다시피 하며 초아를 내려다보던 건방이의 눈이 번쩍, 날카로운 빛을 냈다. 누군가 초아 뒤를 살금살금 따라가는 것이 보였다. 선글라스를 끼고 중절모를 깊이 눌러 쓴 바바리맨!

초아는 그 사실을 아는지 모르는지 앞만 보고 따박따박 걸어갔다.

"어쩌지?"

건방이는 고민에 빠졌다. 도와주자니 정체가 드러날 것 같고, 안 도와주자니 찜찜했다. 건방이가 갈등하는 사이, 바바리맨과 초아 사이는 점점 가까워졌다.

"에라, 모르겠다!"

건방이가 가방에서 야구 모자를 꺼내 푹 눌러썼다. 그와 동시에 앞서 가던 초아가 휙 돌아서서 허리춤에 손을 대고 뭔가를 뽑아 들었다.

촤랑.

"엇!"

지붕 위에서 막 뛰어내리려던 건방이는 자기 눈을 의심했다. 초아가 들고 있는 건 번쩍이는 검이었다. 그것도 두 자는 족히 되어 보이는 긴 검.

놀란 건 건방이만이 아니었다. 초아 뒤를 바짝 쫓던 바바리맨도 너무 놀라 그 자리에 얼음처럼 굳어 버렸다.

"저게 대체 어디서 나온 거야?"

건방이의 궁금증은 곧 풀렸다. 초아가 검을 한번 휘두르자 칼끝이 낭창거리며 흔들렸기 때문이다.

"아하, 연검이었구나!"

연검(軟劍)은 검신이 아주 얇고 연성이 강한 검이다. 보통 검

에 비해 가볍고 잘 구부러지는 장점이 있어 평상시에는 허리띠처럼 두르고 다닐 수 있다. 본래 연검은 수련하기 워낙 까다로워 익히는 사람이 드문데, 연검을 다루는 초아의 솜씨는 아주 능숙해 보였다. 오랫동안 수련한 게 분명했다.

초아가 검을 몇 번 휘두르자 바바리맨의 바바리가 쫙쫙 찢겨 나갔고, 마지막으로 휘두른 검에는 선글라스가 두 토막 났다.

건방이가 잠깐 주저하는 사이, 상황은 깨끗하게 종료되었다.

"끼약!"

바바리맨은 여자처럼 비명을 지르며 찢긴 바바리를 붙들고 줄행랑을 놓았다. 초아는 그런 바바리맨의 뒷모습을 매섭게 노려보고 서 있었다. 건방이는 설레설레 고개를 저었다.

"검법을 배운 애였구나. 어쩐지 분위기가 살벌하더라니."

그때였다. 초아가 얼음처럼 차갑게 소리쳤다.

"언제까지 숨어 있을 거니?"

건방이는 뜨끔 놀랐다. 초아는 건방이가 숨어서 지켜보는 걸 이미 눈치채고 있었다. 건방이는 후유, 한숨을 쉬고 나서 골목 으로 폴짝 뛰어내렸다.

초아는 건방이의 모자에 박혀 있는 'M' 자를 힐끗 보며 싸늘 하게 물었다.

"네가 여기 애들이 떠들어 대는 머니맨인가 뭔가 하는 놈이 구나. 근데 왜 쥐새끼처럼 날 훔쳐봤지?"

건방이는 '쥐새끼' 소리를 듣자 평화적인 방법으로 오해를 풀려 고 했던 마음이 싹 사라졌다.

"뭐 볼 게 있다고 훔쳐보냐? 망나니처럼 무식하게 칼이나 휘 두르는 주제에."

"뭐? 망나니? 너, 내 검에 죽고 싶어?"

초아가 눈에 불을 켜고 소리를 질렀다. 초아가 '죽고 싶어?' 할 때 이를 갈 듯이 송곳니를 드러내는 걸 보고 건방이는 움찔 놀랐다. 여자애들이 장난스럽게 말하는 '죽고 싶어?'가 '아이, 그러지 마.' 정도의 뜻이라면 초아의 '죽고 싶어?'는 말 그대로 '진짜 죽는다!'는 뜻인 것 같았다.

건방이는 '이게 아닌데…….' 싶었지만 자존심 때문에 이제 와 굽힐 수도 없었다.

"흥, 누가 할 소릴? 그까짓 검법 좀 쓴다고 내가 무서워할 줄 알아?"

'그까짓'이라는 말에 초아는 정말로 화난 듯했다.

"감히 내 검법을 모욕해?"

건방이가 무어라 대답할 틈도 없이 초아의 연검이 채찍처럼 휘리릭 날아들었다.

"엇!"

머리로 생각하기 전에 건방이의 오른손이 자동으로 움직였다. 건방이를 훈련시킨답시고 매일같이 기습 공격하는 오방도사를 피하다 보니 자연스럽게 생긴 순발력이었다.

쩡!

맨손으로 막았는데도 단단한 것끼리 부딪치는 소리가 났다.

건방이가 수석술을 썼기 때문이다. 올초 건방이는 수석술로 공격과 방어를 하는 기본기 수련 과정을 간신히 마쳤다. 자칭 권법 천재 건방이였지만 기본기를 마스터하기까지 꼬박 이 년이 걸렸다. 오방도사는 "보통 정도의 자질만 있어도 일 년이면 되었을 것을, 쯧쯧쯧." 한탄하고는 했다.

자신의 검을 맨손으로 받아내자 초아의 얼굴색이 살짝 변했다.

"흥! 권법을 좀 배웠나 보지?"

초아가 진짜로 칼을 휘두르자 건방이도 피가 확 끓어오르는 걸 느꼈다.

"진짜로 해 보자 이거지? 나도 이제 안 봐줘!"

"바라는 바야."

그때 골목길 반대편에서 발소리와 함께 아이들의 웅성거리는 소리가 들려왔다. 초아가 뒤로 휙 물러서며 말했다.

"쳇! 이따 밤 12시, 학교 체육관 뒤편에서 만나."

"좋아!"

둘은 서로를 한번 째려보고 나서 제각기 다른 방향으로 사라졌다.

6. 대도(大盜) 도꼬마리

"검법을 배운 애가 전학을 왔다고?"

오방도사가 노릇노릇하게 구워진 삼겹살을 한 점 집어 들며 물었다.

"네. 기다란 연검을 쓰는데, 완전 포악한 기집애예요."

건방이는 눈에 보이지 않는 손놀림으로 불판 위의 삼겹살을 뒤집으며 대답했다. 다행히 왕창 마트에는 반값 삼겹살이 세 팩이나 남아 있었다. 건방이는 상추, 쌈장, 마늘까지 사서 한상 거하게 차려 냈다. 고기 굽는 냄새에 집 안 분위기가 훈훈해진 것은 물론이었다.

오방도사는 뭔가를 깊이 고민하는 듯하더니 심각하게 물었다.

"⋯⋯이쁘냐?"

건방이는 어이가 없어서 멍하니 오방도사를 바라보았다.

"나도 옛날에 검법을 익힌 소저를 사랑한 적이 있었더랬지. 그녀의 이름은 꽃님, 이름처럼 청초하고 아리따운 소저였지. 하지만 검을 휘두를 때만큼은 한겨울 눈보라처럼 매서웠던 꽃잎 소저! 그녀와의 첫 만남은 이랬느니라⋯⋯."

오방도사는 눈을 갸름하게 뜨며 아름다운 과거를 회상하기 시작했다. 꽃님 소저는 오방도사가 이십 년 전 사랑했던 여자다. 첫눈에 반해 사랑에 빠졌지만 당시 권법과 검법을 쓰는 무술인들끼리 사이가 좋지 않아 로미오와 줄리엣처럼 비밀리에 만나야 했다고 한다. 그러던 중 오방도사는 백두산 쪽으로 꽃님 소저는 한라산 쪽으로 긴 수련을 떠나게 되었고, 이후로는 연락이 끊겼단다.

"⋯⋯분명 한라산에서 무슨 변고가 있었던 게지. 가엾은 나의 꽃님 소저⋯⋯."

건방이는 서둘러 커다란 상추쌈을 만들어서 오방도사의 입을 틀어막았다. 그놈의 꽃님 소저 얘기는 한번 들어 주기 시작하면 1박 2일도 모자랐다.

"걔랑 이따 제대로 한판 붙기로 했단 말이에요. 사부, 검 쓰는 애랑은 어떻게 싸워야 돼요?"

오방도사는 상추쌈을 볼이 미어터지게 넣고 우물우물 씹으며 대답했다.

"간겨그을 주디 마."

"간격을 주지 말라면, 바짝 붙어서 싸우라고요?"

웅얼거리는 소리로밖에 안 들리는 오방도사의 말을 건방이는 정확히 알아들었다. 이것도 오방도사와 삼 년간 같이 살면서 터득한 기술 중 하나였다.

입속에 든 쌈을 꿀꺽 삼킨 오방도사가 말을 이었다.

"상대의 검으로 큰 원을 그린다고 생각해라. 칼에 맞기 싫으면 그 원에서 멀찍이 떨어져. 아니면 원의 정중앙으로 파고들어 가든지. 모 아니면 도, 둘 중 하나야."

건방이는 양쪽 귀로 오방도사의 말을 들으면서 한 손으로는 불판 위에 날고기를 올리고, 또 한 손으로는 쌈을 싸서 입으로 날랐다. 세 가지 일을 동시에 하는데도 건방이는 오방도사보다 먹는 속도가 빨랐다. 뒤늦게야 그걸 깨달은 오방도사의 젓가락질이 더욱 빨라졌다. 둘은 잠시 말을 멈추고 서로를 노려보며 상추쌈을 와구와구 먹어 댔다. 한참 먹는 데에 집중하던 오방도사가 건방이의 손목을 가리키며 물었다.

"손목은 왜 또 그러느냐?"

건방이는 발갛게 부어오른 손목을 힐끗 내려다보고는 별일 아니라는 듯이 대답했다.

"아까 개가 내리친 검을 막았더니 이래요. 별로 안 아파요."

오방도사가 혀를 끌끌 찼다.

"손이 아무리 돌처럼 단단한들 날 선 칼을 당하겠느냐? 맨주먹으로 검을 막을 생각은 하지도 마라! '수검술(手劍術)'이라도 쓸 수 있으면 또 모를까."

"수검술? 그게 뭔데요?"

처음 들어 본 말에 건방이가 궁금하다는 얼굴로 물었다.

"이런 무식한 놈. 그러니까 평소에 한자 공부 좀 하라고 했지 않느냐!"

오방도사는 언제나처럼 있는 생색, 없는 생색을 다 내고 나서야 설명해 주었다.

"'손 수(手)', '칼 검(劍)', '재주 술(術)'. 손에 보이지 않는 날을 세워 칼처럼 만드는 전설의 기술이지. 돌아가신 스승님도 그 경지에는 이르지 못하셨다. 엄밀하게 말하면 그건 권법이 아니라 검법이거든……."

오방도사가 뭐가 생각났는지 잠깐 말을 끊었다가 다시 입을 열었다.

"이제 와서 하는 얘기다만, 널 처음 만났을 때 네가 수검술을 익힌 줄 알고 깜짝 놀랐었지."

건방이는 뜻밖의 이야기에 눈을 동그랗게 떴다.

"내가요?"

"그래. 벽돌을 깨라고 했더니 아예 잘라 버리지 않았느냐? 그 래서 잠깐 그런 의심을 했었느니라."

건방이는 삼 년 전의 일을 떠올렸다. 그러고 보니 벽돌을 두 동강 냈을 때 '네놈은 이미 무술을 익힌 녀석이야!' 하며 오방 도사가 화를 낸 일이 생각났다.

오방도사는 갑자기 진지한 표정으로 목소리를 쫙 깔았다.

"지금 생각해 보니 네 녀석은 분명……."

건방이는 침을 꿀꺽 삼켰다. 역시나 무술에 천부적인 자질을 타고 났다, 뭐 그런 말을 하려는 걸까?

"이미 금이 가 있었던 벽돌을 깬 게 분명해!"

잔뜩 기대에 부풀어 있던 건방이에게 찬물이 확 끼얹어졌다. 오방도사는 새삼 억울하다는 듯 말을 이었다.

"너처럼 무술에 자질이 없는 놈은 살다 살다 처음이다! 하나 를 가르치면 둘을 까먹으니, 원."

건방이도 지지 않고 말대답을 했다.

"나도 사부처럼 못 가르치는 스승은 처음이거든요? 사부 때 문에 내 천재성이 빛을 발하지 못하는 거라고요."

"으이구, 그놈의 건방만 하늘을 찔러 가지고는……. 그래도 가르치기는 그놈이 재미났었는데."

평상시처럼 건방이를 타박하던 오방도사가 문득 묘한 말을
했다.

"그놈이요?"

오방도사가 들고 있던 숟가락으로 건방이의 머리를 딱콩, 때
렸다.

"넌 수련이나 열심히 해! 여자애한테 져서 스승님 이름에 먹
칠하지 말고!"

건방이는 머리를 싸매며 신경질을 냈다.

"우이씨! 뭘 제대로 가르쳐 주지도 않고, 어떻게 이기라고요!
수검술도 안 되는데."

오방도사가 다시 한번 숟가락으로 건방이의 머리를 딱콩, 때
렸다.

"굳이 칼 든 애랑 싸울 필요가 있나?"

"무슨 자다가 봉창 두들기는 소리예요?"

이런 미련하기가 곰 같은 놈, 하는 얼굴로 오방도사가 말을
덧붙였다.

"상대를 맨손으로 만들란 말이다."

복잡했던 건방이의 머릿속이 단번에 맑아졌다. 역시 사부는
사부였다.

저녁을 다 먹고 나서 건방이는 식혜를 가지러 주방으로 갔다.

"청산이~ 높~ 다 하되~~~ 하~ 늘 아래~~~."

안방에서 오방도사의 시조 읊는 소리가 들려왔다. 건방이는 미리 냉동실에 넣어 두었던 캔 식혜를 꺼냈다. 흔들어 보니 사그락사그락 얼음 소리가 들렸다.

"오, 퍼펙트!"

건방이는 대접에 식혜를 담아 안방으로 갔다.

오방도사는 모로 누워 텔레비전을 보고 있었다. 텔레비전에서는 요즘 세상을 떠들썩하게 하는 도둑 얘기가 흘러나왔다.

……대도(大盜) 도꼬마리가 또다시 나타났습니다. 이번에는 보석 박람회가 열린 한국 전시관에 침입하여 시가 수십억에 달

하는 다이아몬드를 훔쳐 달아났다고 합니다.

"사부, 식혜."

건방이의 말을 못 들었는지 텔레비전을 바라보고 있던 오방
도사가 평소와 달리 꽤 심각한 표정이었다.

……다이아몬드가 사라진 시각, 전시장에는 백 명이 넘는 어
린이 관광객이 몰려 대혼잡을 이루었습니다. 경찰에서는 도꼬
마리가 아이로 변장할 수 있을 정도로 몸집이 작을 가능성이
있다고 발표했습니다.

건방이는 오방도사 앞에 식혜를 내려놓으며 조금 더 큰 소리
로 말했다.

"오늘은 진짜로 얼음 동동 식혜예요!"

멍하니 텔레비전을 바라보던 오방도사가
잠에서 막 깨어난 것처럼 건방이와 식혜를
번갈아 가며 바라보았다.

"……오늘은 생각이 없구나. 네가 먹어라."

오방도사는 그렇게 말한 후 휑하니 밖으
로 나가 버렸다. 건방이는 놀라서 입만 뻐끔

거렸다.

"웬일이래? 먹는 거라면 자다가도 벌떡 일어나는 양반이?"

텔레비전 속 아나운서는 어쩐지 신이 난 것처럼 도꼬마리에 대해 계속 떠들어 대고 있었다.

……전시회 관계자는 다이아몬드가 있던 곳에 보석 대신 도꼬마리 열매가 놓여 있는 것을 보고 놀라 경찰에 신고했다고 증언했습니다. 도꼬마리, 일명 '도둑놈 가시'로 불리는 이 열매는 대도 도꼬마리가 범행 장소에 자신이 훔쳤다는 증거로 남겨 놓는 것으로서…….

텔레비전 화면에 도꼬마리가 놓고 갔다는 도꼬마리 열매가 비쳤다. 건방이는 후루룩 식혜를 마시면서 무심하게 도꼬마리 열매를 바라보았다. 새끼손톱보다도 작은 도꼬마리 열매를 확대해 놓고 보니 영락없이 고슴도치 모양이었다. 단숨에 사발을 비운 건방이는 방을 나가면서 리모컨 전원 버튼을 눌렀다.

도꼬마리 열매가 텔레비전 속에서 픽, 하고 사라졌다.

7. 한밤의 무술 대결

　건방이가 학교 강당 뒤편에 있는 공터에 도착한 시각은 밤 12시 정각이었다. 초아는 벌써 와서 기다리고 있었다. 짙은 선홍색 무사복을 차려입은 초아는 꼭 영화에 나오는 여검객처럼 보였다. 청바지에 티셔츠를 걸치고 야구 모자만 눌러쓴 건방이는 어째 복장부터 좀 꿀리는 것 같았다.

　"겁쟁이라 안 올 줄 알았더니, 넌 겁쟁이가 아니라 멍청이였구나. 죽을 자릴 알아서 기어 들어오다니 말이야."

　초아의 목소리에는 비웃음이 가득했다.

　'하여간 말하는 꼬락서니하고는……'

　건방이는 정나미가 뚝 떨어져서 통명스럽게 대꾸했다.

"누가 죽을 자린지 두고 보면 알겠지."

초아는 대꾸도 하지 않고 촤라랑, 칼을 뽑아 들었다. 검법을 제대로 배웠는지 빈틈없는 자세였다. 건방이는 아까 초아의 검에 바바리맨의 선글라스가 두 동강 났던 걸 떠올렸다. 얼굴에는 닿지 않게 선글라스만 잘라 낸 걸 생각하면 초아의 검술은 상당히 높은 수준인 것이 분명했다.

'정면으로 부딪치면 승산이 없어.'

건방이는 바짝 긴장한 상태로 초아를 노려보았다.

초아의 검이 먼저 건방이를 향해 날아왔다. 간발의 차이로 칼날을 피했지만 연검의 칼끝이 뱀처럼 휘어지면서 건방이의 왼쪽 어깨를 스쳤다.

"윽!"

뜨끔한 통증이 느껴졌다. 찢어진 티셔츠 위로 피가 배어 나왔다.

"이제라도 싹싹 빌면 용서해 주지."

초아가 의기양양하게 소리쳤다. 건방이는 치밀어 오르는 화를 꾹 참고 냉정을 유지하려 애썼다.

'상대의 검으로 큰 원을 그린다고 생각해라. 칼에 맞기 싫으면 그 원에서 멀찍이 떨어져. 아니면 원의 정중앙으로 파고들어

가든지. 모 아니면 도, 둘 중 하나야!'

오방도사가 했던 말이 머릿속을 울렸다.

'그래, 모 아니면 도야!'

건방이는 갑자기 초아의 뒤편을 바라보며 깜짝 놀라는 표정을 지었다.

"어? 선생님!"

"뭐야?"

초아가 저도 모르게 찔끔 놀라 뒤를 쳐다보았다. 그 순간을 놓치지 않고 건방이가 초아 바로 코앞까지 달려들었다.

"앗!"

뒤늦게야 건방이에게 속은 것을 안 초아가 서둘러 칼을 휘두르려 했지만 건방이가 한발 빨랐다. 건방이는 초아의 오른쪽 손목을 꽉 붙드는 동시에 손에 수석술의 기운을 씌웠다.

"이, 이거 안 놔?"

초아는 얼굴이 빨갛게 달아오를 정도로 용을 썼지만 돌처럼 굳어진 건방이의 손은 꿈쩍도 하지 않았다. 잠시 후, 초아의 오른손에 들려 있던 연검이 쨍그랑 소리를 내며 땅바닥으로 떨어졌다. 건방이는 재빠르게 연검을 주워 들고 멀찌감치 뒤로 물러섰다.

"히히히. 이제 여기가 누구 죽을 자린지 판가름 난 것 같은데?"

건방이는 얄밉게 웃으며 허공에 대고 연검을 획획 휘둘렀다.

"야! 내 검 당장 안 내놔?"

초아는 씩씩대며 발을 굴렀다.

"괜히 돌려줬다가 또 칼에 맞으라고?"

건방이는 칼날을 매만지며 초아더러 들으란 듯이 혼잣말을 했다.

"오, 제법 값나가 보이는데? 고물상에 팔면 얼마나 주려나?"

"뭐? 너 미쳤어? 그게 얼마나 귀한 물건인데!"

초아는 약이 올라 펄펄 뛰며 소리를 질렀다. 건방이는 들은 척도 하지 않고 연검을 채찍처럼 둘둘 말아 한 손에 거머쥐었다. 초아는 그 모습을 보며 이를 빠드득 갈았다.

"이 비겁한 놈…… 속임수를 써서 검을 뺐다니……. 너 정말 가만 안 둬. 우리 스승님이 얼마나 무서운 줄 알아? 내가 스승님께 말씀드리면 넌 죽은 목숨이야. 두고 봐!"

"흥! 두고 보자는 사람치고 무서운 사람 못 봤다."

건방이는 코웃음을 치며 초아를 내버려 두고 자리를 떠났다. 초아가 건방이의 뒷모습에 대고 바락바락 소리를 질렀다.

"야, 이 치사한 놈아! 내가 널 못 찾을 줄 알아? 어떻게든 찾아내서 내 앞에 무릎 꿇게 만들 거라고!"

건방이는 지붕 위로 훌쩍 뛰어오르며 킥킥 웃었다.

"우리가 같은 반인 걸 아직 모르는 모양이네. 히히, 애간장 좀 타게 일주일쯤 갖고 있다가 돌려줘야겠다."

집으로 돌아온 건방이는 연검을 창고에 아무렇게나 던져 둔 후 집 안으로 들어갔다. 오방도사는 깊이 잠들었는지 건방이가 나갔다 들어왔는데도 기척이 없었다.

방으로 들어온 건방이는 구급상자부터 찾았다. 옷을 벗고 살펴보니 베인 상처는 생각보다 깊지 않았다. 건방이는 상처에 치덕치덕 반창고를 붙이고는 곧 곯아떨어졌다.

다음 날은 토요일이었다.

오방도사와 건방이는 모처럼 함께 외출했다. 행선지는 점박이 약재상.

점박이 약재상은 주로 신통풀의 매매가 이루어지지만, 무술인들 사이의 온갖 소문과 정보 들이 오가는 일종의 '만남의 장소' 같은 곳이다. 오방도사는 신통풀도 팔 겸, 세상 돌아가는 얘기도 들을 겸 해서 정기적으로 점박이 약재상에 들르고는 했다.

"아이고, 도사님. 오랜만에 오셨습니다."

이마 한가운데에 검은 사마귀가 있는 점박이 아저씨가 서둘러 자리에서 일어서며 허리를 굽혔다.

"음, 그래. 오랜만일세."

오방도사는 수염을 쓰다듬으며 점잖게 인사를 받았다. 먹는 것만 밝히는 푼수 도사가 밖에만 나오면 위엄이 철철 넘치는 원로 고수로 탈바꿈했다. 건방이는 오방도사의 이런 이중생활에 익숙해진 지 오래였다.

"제자님도 안녕하시고?"

"아, 네. 안녕하세요."

건방이는 꾸벅 인사했다. 점박이 아저씨는 건방이에게도 꼬박꼬박 존대를 했다. 명실공히 권법 제일인자로 알려진 오방도사의 제자이니 그 비슷한 정도는 될 거라고 멋대로 추측한 모양이다.

건방이는 점박이 아저씨에게 인사하면서 약재상 안을 쓱 살폈다. 삼 년 전에 처음 왔을 때나 지금이나 별 달라진 것이 없어 보였다. 먼지 낀 약재 상자들, 천장에 주렁주렁 매달린 약봉지, 벽에 걸린 사슴뿔. 그리고 여름이나 겨울이나 녹슨 석유풍로 위에서 끓고 있는 계피차 냄새까지.

누가 보면 평범한 동네 약재상인 줄 알겠지만, 사실 이건 다 위장이었다. 이곳에서 거래되는 진짜 품목은 가게 깊숙한 곳에 모두 숨겨져 있다.

"어서 안쪽으로 드시지요."

점박이 아저씨는 굽실거리며 오방도사와 건방이를 가게 안쪽으로 안내했다. 오방도사는 이곳 약재상에서 극빈 대우를 받았다. 언제나 최상품 신통풀을 구해 왔기 때문이다.

가게 안쪽 토방 마루에는 푹신한 방석이 몇 개 놓여 있었다. 점박이 아저씨는 두꺼운 사기 컵에 계피차를 두 잔 따라 왔다.

"이걸 좀 처분하려고요."

건방이는 보자기에 둘둘 말아 온 신통풀 뭉치를 내밀었다. 점박이 아저씨는 반색을 하며 두 손으로 신통풀을 받아 들었다.

"아휴, 요즘은 신통풀을 찾는 사람만 많고 들어오는 물량은 그에 반에도 못 미쳐서 큰일입니다. 짝퉁 신통풀까지 나돌아 다닌다니까요."

오방도사는 계피차를 한 모금 마시고 나서 지나가는 말처럼 물었다.

"요즘 별일들은 없고?"

점박이 아저씨는 돋보기를 꺼내 신통풀을 꼼꼼히 살펴보며 대답했다.

"이 동네일이야, 늘 그렇죠 뭐. 도꼬마리 얘기는 아시죠? 들리는 소문에 도꼬마리가 전설의 '팔팔동자(八八童子)'라는 말이 있어요. 워낙에 신출귀몰한 데다 아이처럼 몸집이 작다는 말도 있고 하니까요."

"팔팔동자가 뭐예요?"

건방이가 눈을 말똥말똥 뜨며 물었다. 점박이 아저씨는 '그것
도 모르시오?' 하는 얼굴로 조근조근 설명해 주었다.

"지금은 검법, 권법, 창법 등으로 나뉘지만, 본래는 세상 모든
무술이 하나였답니다. 전설에 따르면 팔팔동자라는 인물이 나
타나서 현존하는 모든 무술을 통일하고 최강의 고수가 된다고
하지요."

오방도사는 둘의 이야기를 가만히 듣고만 있었다. 건방이는
계피차를 홀짝거리면서 오방도사의 얼굴을 슬쩍 훔쳐보았다.
무슨 생각을 하는지 도통 알 수 없는 표정이었다.

킁킁거리며 천하장사풀의 냄새를 맡던 점박이 아저씨가 문
득 생각났다는 듯 다른 이야기를 꺼냈다.

"참! 아침에 설화당주 밑에서 일하는 사람들이 다녀갔어요.
어떤 정신 나간 놈이 설화당주 막내 제자의 검을 훔쳐 갔다고
하네요. 누군지 몰라도 그놈은 이제 끝난 거죠."

점박이 아저씨는 손으로 목을 긋는 시늉을 했다. 오방도사도
'허, 그런 일이?'라는 듯 수염을 쓰다듬며 맞장구를 쳤다.

"설화당주를 건드리다니, 재수가 없는 놈이군."

건방이가 또 끼어들었다.

"설화당주가 누군데요?"

점박이 아저씨는 '도대체 아는 게 뭐요?' 하는 얼굴로 다시 설명했다.

"설화당주는 어느 날, 혜성처럼 나타나 검법 세계를 평정한 여검객이랍니다. 놀라운 검술뿐 아니라 잔인한 성격으로도 유명하지요. 성격이 워낙 괴팍해서 눈에 거슬리는 사람은 반송장을 만들어 버린다고 합니다. 얼마 전에 요 근처로 이사를 왔다고 하네요."

"저런. 그 도둑놈, 정말 안됐네요."

건방이는 그 도둑에게 진심으로 동정심을 느꼈다.

"아까 그놈의 인상착의를 그린 초상화를 한 장 두고 갔는데, 그게 어디 있더라?"

점박이 아저씨는 서랍장을 뒤적여 돌돌 말린 종이 한 장을 꺼냈다.

"아! 여기 있네요."

건방이는 점박이 아저씨가 건네준 종이를 펴 보고 기절할 만큼 놀랐다. 그 종이에는 야구 모자를 꾹 눌러써서 코와 입만 보이는 소년의 얼굴이 그려져 있었다. 오방도사는 초상화와 건방이의 얼굴을 번갈아 가며 바라보더니 "제자야, 잠깐 밖으로 바람 좀 쐬러 나갈까?" 하고 떨리는 목소리로 말했다. 그러고는 건방이의 뒷목을 잡아 밖으로 질질 끌고 나왔다.

"저, 그게 어떻게 된 거냐면……."

건방이는 닦달하는 오방도사에게 지난밤에 있었던 일을 털어놓았다. 그러자 오방도사는 펄펄 뛰며 화를 냈다.

"내가 못 산다, 못 살아. 왜 하필 설화당주 제자를 건드려! 그 성질 더러운 할망구 제자를!"

건방이는 기어 들어가는 목소리로 투덜투덜 변명했다.

"내가 그런 줄 알았나, 뭐? 그리고 사부도 여자애한테 져서 사부 얼굴에 먹칠하지 말라고 부추겨 놓고는."

오방도사는 할 말을 잃었는지 푹푹 한숨만 쉬었다.

"설화당주가 그렇게 세요? 사부도 못 이길 정도로?"

건방이는 스승의 눈치를 보며 조심스럽게 물었다.

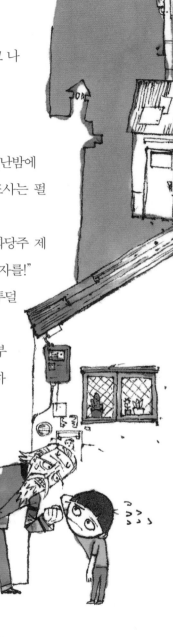

오방도사는 찔끔해서 뒤늦게 호기를 부렸다.

"내가 누구냐? 권법의 일인자 오방도사가 아니냐? 사실 나도 설화당주를 직접 만난 적은 없지만……. 에잇! 모르겠다. 뭐, 어떻게든 되겠지. 걱정 마라, 제자야."

건방이는 오방도사의 장담과는 달리 앞으로의 일이 매우 걱정되었다.

8. 오라버니, 아니세요?

점심시간.

"야, 이 모자 끝내주지 않냐?"

오지랖이 웬 모자를 들고 야단이었다. 스머프가 쓰고 다니는 것과 비슷한 모자에는 뱅뱅 돌아가는 눈이 두 개 그려져 있었다. 오지랖이 모자를 코끝까지 눌러쓰자 뱅뱅이 눈이 실제 눈 부위까지 내려와서 아주 우스꽝스러워 보였다. 그 모습을 보고 주변에 있던 아이들이 깔깔깔 웃음을 터뜨렸다.

건방이는 멀찍이서 아이들이 노는 모습을 지켜보고 있었다. 언뜻 보면 부럽다는 듯이 바라보고 있는 것 같았지만 사실 건 방이는 다른 생각에 빠져 있었다.

건방이는 요즘 하루하루가 살얼음판이었다. 초아의 사부가 엄청난 검객이라는 사실을 알게 된 후로 건방이는 학교에서 최대한 몸을 웅크리고 돌아다녔다. 화장실에 갈 때도 보호색을 띤 나뭇잎 벌레처럼 언제나 아이들 사이에 끼어서 다녔다. 다행히 반 애들한테 별 관심이 없는 초아는 건방이를 눈여겨보는 것 같지 않았다.

'운동장에라도 나갔나?'

건방이는 교실 안에 초아가 없는 것을 확인하고 기지개를 쭉 켰다. 하도 구부정하게 다녔더니 목이며 어깨, 허리까지 온몸이 결렸다.

"건방아! 너도 한번 써 봐!"

폴짝폴짝 뛰어다니며 반 애들에게 억지로 모자를 씌워 보던

오지랖이 갑자기 건방이에게 달려들었다. 무방비 상태로 멍하니 앉아 있던 건방이는 피하고 어쩌고 할 틈도 없었다. 모자가 푹 눌러씌워지는 것과 동시에 사방이 온통 깜깜해졌다.

건방이는 학교에서 절대로 모자를 쓰지 않았다. 혹시라도 자신이 머니맨이라는 걸 알아보는 사람이 생기면 곤란하기 때문이다. 건방이는 당황해서 서둘러 모자를 벗다가 가슴이 철렁 내려앉았다.

'이런!'

막 교실로 들어오던 초아와 정면으로 눈이 마주쳤던 것이다. 남의 속도 모르고 오지랖이 초아를 향해 소리를 질렀다.

"야, 너도 이 모자 한번 써 볼래?"

"됐어."

초아는 오지랖과 건방이를 번갈아 바라보더니 싸늘하게 대답한 후 또박또박 자기 자리로 걸어갔다.

'호, 혹시 알아봤나?'

초아의 얼굴에는 언제나처럼 얼음 같은 냉기만 서려 있을 뿐

이렇다 할 표정 변화가 없었다. 건방이는 남몰래 가슴을 쓸어내렸다.

'후유, 못 알아봤나 보다. 앞으로는 진짜 조심해야지.'

다음 날, 학교가 끝나고 집으로 돌아온 건방이는 대문에 웬 편지가 꽂혀 있는 걸 발견했다. 편지 겉봉에는 붓글씨로 '오방도사 귀하'라고만 쓰여 있었다.

건방이에게 건네받은 편지를 뜯어 본 오방도사는 끙끙 앓으며 자리에 드러누웠다.

"아이고, 내가 제명에 못 살지, 못 살아! 바보 같은 제자 놈 때문에……."

건방이는 오방도사가 방바닥에 아무렇게나 집어 던진 편지를 주워 들었다.

제자의 잘못은 스승이 책임져야 옳지 않겠습니까?
오늘 밤 12시, 제자들이 겨뤘던 장소로 검을 찾으러
가겠습니다.

설화당주

내용은 정중했지만 속뜻은 분명했다.

"윽, 한판 뜨자는 거네."

건방이가 오방도사의 눈치를 살폈다. 오방도사는 다시 끙, 하고 앓는 소리를 내며 돌아누웠다.

'지난번에 날 알아본 게 틀림없어. 그런데도 모르는 척, 뒤로 이런 복수를 준비하다니. 여자가 한을 품으면 오뉴월에도 서리가 내린다는 말이 그냥 나온 게 아니구나.'

건방이는 편지를 내려놓으며 속으로 한숨을 내쉬었다.

건방이와 오방도사가 체육관 뒤편에 도착한 것은 밤 12시가 되기 십 분 전이었다.

"너무 일찍 왔나?"

건방이는 주변을 두리번거리며 말했다. 설화당주와 초아의 모습은 아직 보이지 않았다.

"여자랑 만날 때는 원래 십 분 일찍 나오는 게 예의야."

티끌 하나 없는 흰색 명주에 검은 옷깃을 덧댄 학창의를 입은 오방도사는 오늘따라 멀쑥해 보였다. 평소에도 한복을 즐겨 입는 오방도사지만, 학창의는 격식을 차리는 자리에만 입는 옷이다.

"근데 사부가 지면 어떻게 되는 거예요?"

건방이가 조금 걱정스러운 듯 묻자 오방도사는 허리춤에 꽂아 둔 효자손을 빼서 건방이의 머리를 딱콩 때렸다.

"이놈아! 지긴 누가 져? 너는 이 스승이 100대 1로 싸워서 이긴 적이 있다는 얘기도 못 들어 봤느냐?"

"쳇, 그거 뻥이면서."

오방도사가 갑자기 핏대를 세웠다.

"뻥이라니! 이 스승을 뭘로 보고. 한때는 나도 암흑가를 주름잡고 살던 시절이 있었더니라. 돌아가신 스승님의 유언만 아니었어도 이렇게 신통풀이나 캐며 살진 않았을 게다. 싸움박질은 그만하고 수련이나 하면서 조용히 살라고 하셨지."

그때 어둠 속에서 설화당주와 초아, 두 사람이 조용히 모습을 드러냈다. 건방이와 오방도사는 바짝 긴장해서 자세를 고쳤다. 오방도사가 먼저 고개를 깊숙이 숙이며 인사를 건넸다.

"오방도사라 합니다. 반갑습니다, 설화당주님."

설화당주는 검은 비단옷에 검은 망사 너울이 달린 모자를 쓰고 있었다.

"처음 뵙겠습니다. 오방도사님."

설화당주는 얼음처럼 차가운 말투로 고개만 까딱했다. 오방도사는 상자에 넣어 리본 끈으로 포장한 초아의 연검을 내밀며 공손하게 말했다.

"그동안 얼마나 심려가 크셨습니까? 이 몸의 제자가 아둔하여 벌인 일이니 너그러운 아량으로 용서해 주시기 바랍니다."

오방도사는 건방이의 머리도 함께 찍어 누르면서 조그맣게 소곤거렸다.

"제자야, 뭐하느냐? 어서 무릎 꿇고 싹싹 빌지 않고!"

"무릎 꿇고 빌라고요? 언제는 100대 1로도 이겼다면서!"

건방이도 소곤거리며 따졌다.

"이 녀석아! 안 싸우고 이기는 게 제일 센 거야!"

둘이 수군대고 있는데 설화당주가 초아에게 하는 말이 들렸다.

"초아야, 내 검을 다오."

냉기가 풀풀 날리는 목소리로 보아 너그러운 아량으로 용서할 생각은 전혀 없는 듯했다.

"네, 스승님."

초아는 고소해 죽겠다는 표정으로 건방이를 흘깃 바라보고는 냉큼 검을 내밀었다. 은으로 만든 검집이 어둠 속에서도 반짝반짝 빛났다.

건방이는 설화당주가 너울 달린 모자를 벗는 것을 멀리서 지켜보았다. 성질 더러운 할망구라고 해서 심술궂은 마귀할멈을 상상했는데, 뜻밖에도 설화당주는 얼굴이 고운 할머니였다. 손에 들고 있는 장검만 아니면 그냥 평범하고 예쁜 할머니로 보일 것 같았다.

"호, 혹시…… 꽃님 소저?"

갑자기 오방도사가 뭔가에 홀린 사람처럼 더듬거리며 입을 열었다. 오방도사의 눈은 너울 속에서 드러난 설화당주의 얼굴에 고정되어 있었다. 설화당주도 오방도사의 얼굴을 똑바로 쳐다보더니 크게 놀란 얼굴이 되었다.

"아니…… 방이 오라버니 아니세요?"

오방도사가 눈을 비비며 설화당주를 바라보더니 길게 소리쳤다.

"소—저!"

"오라버니이—!"

오방도사와 설화당주는 서로를 향해 뛰어가더니 두 손을 꼭 맞잡았다. 감정이 복받치는 듯 오방도사가 떨리는 목소리로 말했다.

"이렇게 살아서…… 소저를 다시 만나게 될 줄이야. 소저는 예전 모습 그대로구려."

설화당주가 열아홉 소녀처럼 얼굴을 붉혔다.

"오라버니야말로 하나도 안 변하셨어요."

건방이와 초아는 하도 기가 막혀서 정신을 차릴 수가 없었다.

'대체 지금 뭐가 어떻게 돌아가는 거야?'

9. 가면을 쓴 아이들

　　유난히도 길었던 수업이 드디어 모두 끝났다. 신이 난 아이들은 참새 떼처럼 조잘대며 스마트폰으로 게임을 한다, 우당탕 교실을 빠져나간다, 야단법석이었다.

　　건방이는 퀭한 얼굴로 가방을 쌌다.

　　'졸려 죽겠네.'

　　어젯밤, 결국 날밤을 새 버렸다. 이십년 만에 재회한 오방도사와 설화당주는 체육관 근처의 벤치에 앉아 새벽이 밝아 올 때까지 이야기꽃을 피웠다.

　　그러니까 일이 어떻게 된 거였냐

면, 설화당주와 오방도사는 서로 죽은 줄 착각하고 이름도 바꾼 채 수련에만 몰두하여 각각 권법과 검법의 고수가 되었고 운명의 재회를 하게 되었다. 뭐 대충 그랬다.

건방이는 뒤에 앉은 초아를 슬쩍 바라보았다. 초아 역시 퀭한 얼굴이었다.

'하긴, 쟤도 충격이 크겠지.'

오방도사의 어깨를 토닥토닥 때리며 '어머, 오라버니도. 몰라 몰라.' 하던 설화당주의 모습이 눈에 선했다. 맞으면서도 행복에 겨워하던 오방도사의 얼굴도 떠올랐다.

건방이와 초아의 눈이 딱 마주쳤다. 초아가 눈에 쌍심지를 켜고 건방이를 노려보았다. 복수할 기대에 잔뜩 부풀어 있다가 그게 틀어지자 심사가 단단히 꼬인 것 같았다.

더욱이 설화당주는 전후 사정을 알고 도리어 초아를 꾸짖었다.

"우리 초아가 먼저 시작한 줄도 모르고…… 미안하구나. 늘그막에 들인 제자라 너무 오냐오냐해서 버릇이 없단다. 건방이라고 했지? 다친 데는 괜찮으냐?"

사람이 달라진 것처럼 설화당주가 다정한 말투로 물었다. 건방이는 기분이 묘했다. 오방도사는 건방이가 아프거나 다쳐도 따스하게 위로해 준다거나 챙겨 주는 일 따위 없었다. 건방이는 어쩐지 설화당주가 마음에 들었다. 돌아가신 할머니를 닮은 것 같기도 했다.

그리고 오늘 아침 집을 나설 때, 오방도사가 신신당부했던 말이 떠올랐다.

"제자야, 그 초아란 애한테 무조건 잘못했다 빌고 화해하거라. 뭐? 이유? 그 애가 꽃님 소저 제자라는데 무슨 이유가 더 필요하단 말이냐! 앞으로는 초아한테 잘해! 안 그러면 이번 금강산에 갈 때 떼어 놓고 갈 테다."

건방이는 어쨌거나 초아랑 화해하기로 마음먹었다. 금강산 못 따라갈까 봐 무서워서 그런 건 아니고, 설화당주를 봐서였다. 어제 설화당주를 보니 말은 그렇게 해도 초아를 무척 아끼는 것이 역력했기 때문이다.

'초아가 계속 저렇게 뾰로통해 있으면 설화당주님 마음도 안 좋겠지? 으이구, 마음 넓은 내가 한번 져 준다.'

건방이는 쭈뼛거리며 초아 곁으로 다가갔다. 초아의 눈초리가 '뭐야?' 하고 말하는 것처럼 치켜 올라갔다. 건방이는 다른 사람들에게는 들리지 않게 조그만 목소리로 말했다.

"야! 연검도 돌려줬잖아! 뭘 그렇게 계속 삐쳐 있냐, 삐순이처럼."

분명 사과하려고 했는데, 어쩌다 보니 비꼬는 말이 되어 버렸다. 초아의 눈초리가 더 사나워진 것은 물론이었다.

갑자기 뒤통수가 따끔거렸다. 뭔가 싶어 돌아보니 뒷문 쪽에 앉은 호길이가 건방이를 잡아먹을 기세로 노려보고 있었다.

'엥? 왜 저러지?'

건방이는 당황해서 자신이 호길이의 심기를 건드릴 만한 일을 했는지 떠올려 보았다. 하지만 아무리 생각해도 건방이는 짐작조차 안 갔다.

하기야 둔해 빠진 건방이는 초아가 전학 온 첫날부터 호길이의 태도가 이상해졌다는 사실을 알 길이 없었다. 호길이가 멀리서 초아를 훔쳐보며 얼굴을 붉히는 것도, 멋있는 척하느라 오버하는 것도.

그게 건방이의 실수라면 실수였다.

눈치가 백 단인 초아는 건방이와 호길이 사이에 흐르는 이상 기류를 단번에 눈치챘다. 초아가 갑자기 건방이에게 소곤소곤 귀엣말을 했다.

"이번에야말로 제대로 실력 발휘를 할 수 있게 해 줄게. 너무 고마워하진 말고."

"뭐?"

건방이가 무슨 말인지 몰라 어리둥절해하는데 갑자기 초아가 깜짝 놀라는 시늉을 했다. 그러고는 호길이에게 충분히 들릴 만큼 큰 목소리로 재잘거렸다.

"어머, 네가 그렇게 태권도를 잘해? 아무리 그래도 그렇지. 호길이 정도는 일 분 안에 이길 수 있다니, 믿기 어려운걸?"

초아는 말하는 도중 호길이에게 슬쩍 시선을 던지는 것도 잊지 않았다. 호길이의 얼굴이 단숨에 붉으락푸르락 달아올랐다.

"뭐? 내가 언제……."

건방이는 기가 막혀서 말이 안 나왔다. 뒤늦게야 도끼눈을 뜨고 있는 호길이를 보고 상황 파악이 되었지만 이미 때는 늦었다.

'내가 저 백여우 함정에 걸려들었구나!'

건방이는 초아에게 먼저 빌미를 제공한 자신의 순진함을 원망했다.

"야, 이건방. 나 좀 보자?"

호길이가 책상을 걷어차며 벌떡 일어섰다. 아직 교실에 남아 있던 아이들 대여섯은 심상치 않은 분위기를 느끼고 멀찌감치 떨어졌다. 초아는 신나는 구경거리가 생겼다는 듯 기대에 찬 눈이었다.

"야, 그게 아니고…… 아무튼 오해야."

건방이는 어떻게든 수습해 보려고 했지만 사태는 점점 악화

되었다.

"니가 그렇게 태권도를 잘하나?"

호길이는 평소보다 더 목소리를 쫙 깔며 말했다. 바로 옆에서 지켜보고 있는 초아를 심하게 의식하고 있는 듯했다.

"그럼 나랑 맞짱 한번 뜨든가."

건방이는 좋은 말로 호길이를 진정시키려고 일단 자리에서 일어섰다. 웃는 얼굴에 침 못 뱉는다는 말도 있으니까.

하지만 건방이의 웃음은 불에 기름을 붓는 격이 되어 버렸다.

"지금 비웃나?"

호길이는 일그러진 얼굴로 다짜고짜 주먹부터 날렸다. 건방이는 저도 모르게 몸을 뒤로 피했다. 오랜 수련으로 몸에 익은 반사적인 행동이었다.

"어쭈, 피해?"

멀찍이서 구경하던 아이들이 뜻밖이라는 듯 웅성거리기 시작했다.

'이게 아닌데……'

건방이는 점점 난처해졌다. 사실 건방이에게 호길이 정도는 애들 장난하는 수준이나 마찬가지였다. 하지만 문제는 호길이가 5학년 일짱이라는 데 있었다. 그 말인즉 호길이를 이겨 버리면 건방이가 새로운 일짱이 된다는 뜻이고, 그다음은 상상하는 것조차 끔찍했다. 있는 듯 없는 듯 조용히 살던 건방이는 단숨에 유명인이 될 테고, 학교 안에서 모르는 사람이 없게 될 테고, 그럼 머니맨과 연결시키는 사람이 생길지도 모른다.

'어쩔 수 없겠어. 그냥 맞아 주는 수밖에.'

건방이는 생각을 정리하고 마음의 준비를 했다.

호길이가 다시 주먹을 날렸다.

"으억!"

건방이는 배를 움켜쥐고 최대한 과장하며 나가떨어지는 시늉을 했다. 보기에는 심하게 넘어지는 것처럼 보였지만 바닥에 닿는 순간, 낙법을 살짝 응용해서 실제로는 전혀 아프지 않았다.

그런데 뒤로 넘어진 곳이 하필이면 학급문고가 잔뜩 꽂혀 있는 철제 책장 쪽인 게 문제였다. 넘어진 반동으로 몸이 바닥을 한 바퀴 구르면서 건방이 얼굴이 뾰족한 책장 모서리 쪽으로 향했다. 잘못했다가는 코뼈가 부러질 상황이었다. 건방이는 순간적으로 손에 돌의 기운을 씌워서 얼굴을 막았다.

쾅, 소리와 함께 건방이가 책장 모서리에 부딪혔다.

"앗!"

지켜보던 아이들이 모두 비명을 질렀다. 호길이도 얼굴이 흙빛으로 변했다.

건방이는 아무렇지도 않았지만 아이들의 시선을 의식하고는 신음 소리를 내며 일어섰다.

"우아, 책장이 찌그러졌어!"

"건방아, 너 괜찮아? 피 안 나?"

아이들이 웅성거리며 건방이 주변으로 몰려들었다.

'이거 골치 아프게 됐네.'

건방이의 의도와는 달리 상황이 점점 더 난처해졌다.

그때 누군가 건방이를 부축해 일으켰다.

"다행이다. 저게 원래 찌그러져 있었기에 망정이지, 정말 큰일 날 뻔했어."

회장 면상이었다. 아까는 분명히 없었던 것 같은데 갑자기 어디서 튀어나왔는지 모를 일이다.

"어? 으응. 뭐."

건방이는 당황했지만 일단 장단을 맞췄다. 면상이와 건방이의 대화를 들은 아이들은 '책장이 원래 저랬던가?' 하는 얼굴로 고개를 갸웃했다.

"……사람 손이 돌도 아니고, 그렇지?"

면상이가 건방이의 팔뚝을 지그시 쥐며 말했다.

'뭐지?'

꼭 뭔가를 알고 얘기하는 것 같았다. 건방이는 기분이 찜찜해서 면상이의 손을 떨쳐내려다가 면상이 소매에 붙어 있는 작은 고슴도치 모양의 열매를 보고 흠칫 놀랐다. 지난번 텔레비전에서 봤던 도꼬마리 열매였다.

건방이가 자신의 소매를 눈여겨보는 걸 느꼈는지 면상이가 부축했던 손을 휙 떼어 냈다. 그러고는 호길이를 향해 말했다.

"무슨 일 때문인지는 모르겠지만 폭력을 쓴 건 잘못된 거야. 건방이에게 사과해."

면상이의 말에 호길이는 몸을 흠칫 떨더니 건방이를 향해 고개를 꾸벅 숙였다.

"미, 미안하다. 그렇게까지 할 생각은 없었는데……."

건방이는 뭔가 이상한 걸 느꼈다. 자기 때문에 좀 놀랐다고는 하지만 호길이가 저렇게까지 고개를 숙이고 나오다니.

건방이는 얼굴이 파랗게 질린 호길이를 빤히 쳐다보았다.

'나 때문이 아니야. 녀석은 면상이를 무서워하고 있어.'

면상이는 언제나처럼 미소 띤 얼굴이었다. 하지만 건방이에게는 그 미소가 비웃음처럼 싸늘하게 느껴졌다.

10. 숨겨진 과거

"제자야, 꽃님 소저 집에 좀 다녀와야겠다."

"거긴 왜요?"

건방이는 뜨악한 표정으로 물었다.

"이 서찰을 전하고 오너라."

오방도사는 꽃무늬가 새겨진 편지봉투를 내밀었다. 건방이가 오만상을 쓰면서 말했다.

"러브레터도 썼어요? 만날 만나면서 편지는 뭐 하러 써요. 그냥 말로 하면 되지."

오방색 효자손이 다시 허공을 갈랐다.

"떽! 네 녀석은 연애의 기본 상식도 몰라! 말로 하면 느낌이

제대로 안 사는 말도 있는 법. 당장 안 가면 내일모레 금강산 갈 때……."

"알았어요, 알았어. 치사하게 그놈의 금강산 갖고 만날 협박이야."

건방이는 투덜거리며 길을 나섰다.

오방도사가 그려 준 약도를 따라가다 보니 어느샌가 부자들이 사는 동네로 들어섰다. 건방이는 설화당주의 집을 보고 입이 쩍 벌어졌다.

"우아아, 청와대가 따로 없네."

설화당주의 집은 기와를 얹어 만든, 거의 저택 수준의 집이었다. 지은 지 얼마 안 되었는지 아직도 어디선가 나무와 페인트 냄새가 났다.

건방이는 경호원처럼 차려입은 아저씨의 안내를 받아 집 안으로 들어섰다. 설화당주가 대청마루처럼 만들어 놓은 응접실에서 건방이를 맞았다.

"방이 오라버니의 서찰을 가져왔다고?"

건방이는 품 안에서 편지를 꺼내 두 손으로 건넸다. 설화당주는 얼굴을 붉히며 편지를 읽었다. 꽤 오랫동안 붙들고 있는 걸 보니 몇 번이나 곱씹어 읽는 눈치였다.

"답문을 써 줄 테니 잠시 기다리거라."

설화당주는 지필묵을 꺼내 답장을 쓰기 시작했다. 설화당주가 글을 쓰는 동안 건방이는 응접실 안을 구경했다. 은은한 한지 문양의 벽지와 비단 차향, 장식용 백자 항아리. 어느 것 하나 거슬림 없이 조화롭게 장식되어 있었다. 심지어 벽 한쪽에 걸린 장도마저도 집 안 분위기와 잘 어울렸다. 검신이 부드럽게 휜 장도는 새파랗게 날이 서 있었다.

"이걸 방이 오라버니께 전해 드리거라."

글쓰기를 마친 설화당주가 편지를 건네주었다.

"네."

건방이는 편지를 품속에 집어넣었다. 설화당주는 그 모습을 빤히 지켜보다가 혼잣말처럼 중얼거렸다.

"다시는 제자를 들이지 않으실 줄 알았는데……."

설화당주는 잠시 망설이다 입을 열었다.

"실은 전에 오라버니가 제자로 삼은 아이가 있었단다."

"네?"

뜻밖의 말에 건방이는 눈을 크게 떴다. 설화당주는 가볍게 한숨을 쉬고 말을 이었다.

"벌써 이십 년 전의 일이란다. 너보다 한두 살 많은 사내아이였는데 하나를 알려 주면 열을 알 정도로 영민해서 방이 오라버니가 무척 아꼈단다. 그런데 그 아이가 어쩌다 변면술(變面

術)이라는 잡술(雜術, 사람을 속이는 간사한 술법)에 빠지게 되면서……."

"변면술이요?"

"그래. 얼굴 형태를 바꿔서 전혀 다른 사람처럼 보이게 만드는 술법이란다. 그 아이는 변면술을 이용해 좀도둑질까지 했어. 방이 오라버니의 노여움은 말도 못할 정도였지. 그만큼 믿고 사랑한 제자였으니까."

그러고 보니 건방이의 수련이 더딘 걸 볼 때마다 오방도사는 '가르치기는 그놈이 재미났었는데.' 하고 아쉬워하고는 했다. 그렇다면 그놈이 바로 사부의 옛 제자?

"그 아이는 용서해 달라고 빌었지만 방이 오라버니는 그 애를 끝내 파문시켜 버렸단다. 나도 그 일이 있은 직후 오라버니와 헤어지게 되어서 잘 모르겠다만, 그 아이가 계속 변면술을 쓰고 다녔다면 지금쯤 성장을 멈추고 얼굴만 심하게 늙어 버렸을 게야. 변면술이란 게 얼굴 근육을 혹사시키는 기술이거든."

언제나 '고기반찬은 없느냐?' 하며 철없이 굴던 사부에게 그런 과거가 있었다니.

건방이는 본의 아니게 오방도사의 아픈 기억을 하나 엿보게 된 것 같아서 기분이 착잡했다.

"방이 오라버니도 내색은 안 하시지만, 그 아이를 내친 일을

많이 자책하고 계시단다."

설화당주는 잠시 어두운 얼굴로 생각에 잠겼다가 문득 말머리를 돌렸다.

"건방아, 너는 어쩌다 방이 오라버니의 제자가 되었느냐?"

건방이는 설화당주에게 그간의 사정을 이야기했다. 할머니가 돌아가신 일, 보육원에 가기 전 비밀의 집에서 오방도사를 처음 만난 일, 그리고 수습 제자를 거쳐 오방도사와 함께 살게 된 사연까지 모두 다.

사실 그 얘기는 아무에게도 한 적이 없었는데 이상하게도 설화당주 앞에서는 거침없이 술술 나왔다.

설화당주는 묵묵히 건방이의 이야기를 듣고 나서 나직하게 말했다.

"그간 고생이 많았구나."

건방이는 어쩐지 민망해서 손사래를 쳤다.

"고생은요! 지금은 사부랑 있으니까 괜찮아요."

설화당주는 건방이를 대견한 듯 바라보다가 입을 열었다.

"그나저나 건방아, 우리 초아하고……."

막 무슨 말인가 하려던 설화당주가 얼굴을 굳히며 방문 쪽을 향해 말했다.

"초아야! 숨어서 엿듣지 말고 이리 나오너라."

그러자 창호지 문밖에서 화들짝 놀라는 인기척이 들리더니 초아가 문을 열고 들어왔다.

"스, 스승님! 엿듣긴 누가 엿들었다고……."

초아의 얼굴은 홍당무처럼 달아올랐다. 설화당주는 엄한 표정을 지으면서도 눈가에는 살짝 웃음을 머금은 채로 초아에게 말했다.

"이제 그만 둘이 화해하도록 해라. 초아가 대문까지 건방이 좀 배웅해 주고."

설화당주는 자상하게 웃으며 건방이에게 인사했다.

"또 놀러 오너라."

건방이는 고개를 꾸벅 숙여 인사했다.

초아는 뭐라고 고시랑대며 서 있다가 건방이를 향해 퉁명스럽게 말했다.

"따라와."

건방이는 초아를 따라 나섰다. 현관문을 나서고도 정원을 지나 한참을 더 내려가서야 대문이 나왔다. 정원은 아직 지지대를 하고 있는 나무들과 기이한 바위들로 꾸며져 있었다. 아직 벌겋게 드러나 있는 흙에 잔디만 제대로 입히면 아주 멋진 정원이 될 것 같았다. 건방이는 아무 말 없이 가려니 어쩐지 어색해서 입에서 나오는 대로 떠들었다.

"와! 너희 집 대빵 좋다. 우리 집 마당에는 돌가루밖에 없어. 정원석이 몇 개 있었는데 사부랑 내가 수련한다고 다 깨먹었거든. 말이 나왔으니 말인데, 너는 스승님을 잘 만난 줄 알아. 우리 사부랑 비교하면 설화당주님은 진짜 완전 선녀라니까……."

그러자 앞서 걷던 초아가 뒤도 돌아보지 않고 대답했다.

"맞아. 스승님은 나한테 은인이나 다름없는 분이셔. 스승님을 만나기 전에…… 일곱 살까지는 쭉 보육원에서 지냈거든."

건방이는 말문이 막혔다. 어색함을 풀어 보려다가 도리어 분위기만 더 썰렁하게 만들어 버렸다. 건방이는 자신의 가벼운 혓바닥을 저주했다.

'아이고, 괜한 얘길 꺼냈구나.'

대문을 나서면서 건방이는 슬쩍 눈치를 살폈다. 초아는 언제나처럼 표정 없이 쌀쌀맞은 얼굴을 하고 있었다. 건방이가 막 돌아서려고 하는데 초아가 차가운 말투로 툭, 인사를 던졌다.

"잘 가."

순간 살짝 웃는 것처럼 보였던 초아의 얼굴은 대문이 쾅 닫히면서 사라져 버렸다.

11. 금강산에 가다

오방도사와 건방이는 꼭두새벽부터 부산을 떨고 있었다. 오늘, 드디어 금강산에 가기로 한 날이다.

도시락이 든 괴나리봇짐을 메면서 건방이가 물었다.

"진짜 돈 안 갖고 가도 돼요? 대체 거기까지 어떻게 가려고요?"

오방도사는 대답 대신 씩 웃으며 품속에서 풀 두 뿌리를 꺼냈다. 이파리가 꼭 깃털 모양으로 생긴 신통풀이었다. 건방이의 눈이 화등잔만 하게 커졌다.

"어! 그거 혹시 새둔갑풀이에요? 엄청 귀한 거잖아요?"

새둔갑풀은 일정 기간 동안 새로 변신할 수 있는 신통풀이다. 변할 수 있는 새의 종류에는 구애가 없지만 몇 년 근이냐에 따라 지속되는 시간이 달랐다.

"흐흐. 내가 오늘을 위해 특별히 준비해 둔 것이니라."

"……팔면 무지 비싸게 받을 수 있을 텐데."

오방도사가 '이런 세속에 찌든 놈.' 하는 표정으로 말했다.

"너처럼 작은 이익에 연연하면 큰일을 못하는 법이다. 무슨 일이든 먼저 투자를 해야 하는 게야."

오방도사와 건방이는 짐을 챙겨 뒤뜰으로 나갔다. 오방도사가 새둔갑풀 한 뿌리를 건네주며 주의 사항을 일러 주었다.

"약효가 여섯 시간뿐이니 어떻게든 시간 안에 도착해야 하느니라. 꼭꼭 씹어 먹고 나서 몸에 뜨거운 기운이 돌기 시작하면 '기러기'를 세 번 외치거라."

건방이는 쓰디쓴 새둔갑풀을 질겅질겅 씹어 먹기 시작했다. 한 뿌리를 몽땅 씹어 먹고 나자 잠시 후, 명치부터 따스한 기운이 올라왔다.

"기러기, 기러기, 기러기!"

갑자기 몸이 푹 꺼지는 느낌이 들면서 키가 줄어들기 시작했다. 양쪽 팔은 날개가 되었고, 다리도 오리발처럼 변했다. 입고 있던 옷도 깃털로 변하더니 포근하게 몸을 감쌌다.

"우아! 완전 짱이다!"

기러기가 된 건방이는 뒤뚱뒤뚱, 파닥파닥 돌아다니며 신기해했다. 그런데 날개가 좀 불편한 것 같아서 뒤를 보니 괴나리봇짐이 그대로 등에 매달려 있었다. 건방이보다 조금 늦게 신통풀을 먹은 오방도사는 뭐라고 중얼중얼대더니 점박이 무늬가 있는 멋진 송골매로 변했다. 건방이가 불만스러운 말투로 따졌다.

"사부만 폼 나는 걸로 변하고…… 나도 매가 좋은데!"

송골매가 된 오방도사는 꿀밤 대신 부리로 건방이의 머리를 콕 쪼았다.

"이놈아! 다 너를 위해 그런 거야! 장거리 비행엔 기러기 같은 철새가 제일 편해."

"그럼 사부는요?"

송골매로 변한 오방도사가 흠흠, 헛기침을 했다.

"나 같은 고수한텐 품위 유지란 게 필요한 법이야. 잔말 말고 어서 따라와!"

오방도사가 먼저 땅을 박차고 하늘로 날아올랐다. 처음에는 닭처럼 헛 날갯짓을 하던 건방이도 곧 그 뒤를 따랐다.

"옛날이야기에 보면 도인들은 두루미를 타고 날아다니던데. 사부는 그런 것도 못해요?"

"이제 그러면 동물 학대로 걸리는 것도 모르느냐? 두루미들 허리 디스크 생긴다고 못하게 막은 지 벌써 백 년도 더 됐다!"

오방도사와 건방이는 유유히 휴전선을 넘어 북한 상공으로 들어섰다. 누군가 괴나리봇짐을 멘 기러기와 송골매가 사이좋게 날아가는 모습을 봤다면 깜짝 놀랐을 게 분명하지만, 다행히도 하늘을 올려다보는 사람은 없었다.

금강산에 도착한 것은 정오 무렵이었다. 꼬박 여섯 시간 동안의 강행군이었다. 날갯짓이 익숙지 않았던 건방이는 너무 고단해서 봉우리에 내려앉자마자 큰대 자로 뻗었다. 잠시 후, 둘은 사람으로 돌아왔다.

"……이럴 줄 알았으면 안 따라오는 건데."

건방이는 말할 기운도 없어서 죽어 가는 소리로 중얼거렸다.

"엄살 그만 부리고 밥이나 먹자."

오방도사는 한 삼십 분 가볍게 조깅한 사람처럼 쌩쌩해 보였다. 건방이는 녹초가 된 몸을 억지로 일으켜 도시락을 풀었다. 처음에는 별로 생각이 없던 건방이도 일단 밥이 입 안으로 들어가자 입맛이 돌았다. 스승과 제자는 아무 말 없이 와구와구, 쩝쩝쩝 도시락을 먹었다.

금강산도 식후경이라더니 밥을 다 먹고 나서야 금강산의 풍경이 눈에 들어왔다. 4월의 금강산은 이제 막 기지개를 켜고 깨어나는 중이었다. 봄꽃은 아직 만개하지 않았지만 기이한 바위며 흰 물보라를 일으키는 폭포, 깎아지른 듯한 봉우리까지.

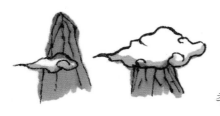

과연, 어디를 보나 절경이었다.

둘은 본격적으로 신통풀을 채취하기 시작했다. 오방도사가 정한 경로는 원을 그리듯 봉우리를 훑어 내려오는 것이었다. 그런데 세 시간이 지나도록 신통풀은커녕 도라지 한 뿌리 보이지 않았다.

"봉우리를 잘못 선택한 거 아녜요?"

건방이가 슬슬 오방도사를 탓했다.

"이, 이놈아! 너도 일만이천 개 봉우리 중에서 하나를 고른다고 생각해 봐라! 그게 쉬운가!"

오방도사는 민망한 마음에 되레 큰소리를 쳤다. 하지만 봉우리를 잘못 선택했다고 느끼는 건 오방도사 역시 마찬가지였다. 오방도사가 선택한 곳은 내금강 쪽의 작은 봉우리였는데, 겉보기와는 달리 땅이 대부분 암석 덩어리여서 신통풀이 자라기 어려운 환경이었다.

건방이 눈에 뭔가 이상한 것이 들어왔다.

"사부! 이것 좀 봐요!"

건방이가 가리킨 것은 땅이 파헤쳐진 자국이었다. 오방도사
가 그 자국을 주의 깊게 살피더니 심각한 표정으로 말했다.

"우리보다 먼저 신통풀을 캐 간 놈이 있구나."

"여긴 사람 출입이 통제된 곳이잖아요."

"사람이 아니야."

오방도사는 주변의 풀을 뒤적여 푹 파인 발자국 하나를
찾아냈다.

"이 정도 크기라면 아마…… 곰 비슷한……."

오방도사가 말을 마치기도 전에 건너편 잣나무 숲에
서 검은 그림자가 튀어나왔다.

"크어어엉!"

눈에서 푸른빛이 이글거리는 거대한 흑곰이었다.
흑곰이 입을 쩍 벌리자 톱니처럼 날카로운 이빨이
드러났다.

"고, 고, 곰 비슷한 게 아니라 지, 지, 진짜 곰이잖아요!"

건방이는 너무 놀라서 말도 제대로 안 나왔다.

오방도사 역시 놀랐지만, 스승으로서의 체면 때문에 억지로 침착한 태도를 유지했다.

"제자야, 걱정 마라. 저런 야생 곰은 겁주면 그냥 도망가느니라."

오방도사는 주변에 둘러보았다. 마침 근처에 사람 머리통만 한 돌이 굴러다니고 있었다. 오방도사는 그 돌을 주워서 곰을 향해 휙 던졌다.

그런데 놀라운 일이 벌어졌다. 곰이 돌을 앞발로 탁, 잡아 버린 것이다. 오방도사와 건방이는 입이 떡 벌어졌다. 흑곰은 가소롭다는 듯 두 사람을 바라보더니 돌을 두 앞발로 짓이겼다.

빠지직, 소리와 함께 돌은 곰의 앞발 사이에서 가루가 되어 버렸다.

"어떻게 저럴 수가……!"

눈으로 직접 보고도 믿을 수가 없는 광경이었다.

"보통 놈이 아니구나. 이 봉우리에서 난 신통풀을 죄다 캐 먹은 모양이다."

"그럼 이제 어떻게 해야 돼요?"

"어쩌긴…… 도망가야지. 별수 있느냐?"

오방도사는 말을 마치자마자 몸을 돌려 부리나케 뛰기 시작했다. 건방이는 얼빠진 채 서 있다가 뒤늦게야 오방도사의 뒤를 따라 뛰었다.

"이럴 줄 알았으면 진짜 안 따라오는 건데!"

흑곰은 절대 곰 같지 않은 속도로 둘을 따라왔다. 신통풀을 먹고 자란 곰이라 그런지 반쯤은 영물(靈物, 신령스러운 짐승)이 된 것 같았다. 정신없이 뛰던 건방이는 앞서 가던 오방도사가 보이지 않자 소리를 질렀다.

"사부! 어디 갔어요!"

잠시 후, 건방이의 발밑이 훅 꺼졌다. 낙엽이 쌓여 겉으로는 보이지 않는 구멍이 나 있었던 것이다.

"으악!"

구멍이 얼마나 깊은지, 건방이는 한참을 미끄러져 내려갔다. 게다가 구멍이 가파른 비탈과 연결되어 있어 구멍을 빠져나온 후에도 비탈을 따라 한참 더 떼굴떼굴 굴러 내려갔다.

정신을 차려 보니 건방이는 낙엽 속에 파묻혀 있었다. 주위에서는 구수한 냄새도 진동했다. 지난가을 쌓인 낙엽이 겨울을 지나며 푹푹 썩어 가고 있던 탓이다.

낙엽 덕분에 다친 곳은 전혀 없었지만 반쯤 썩은 낙엽이 온몸에 들러붙어 거대한 낙엽 인간이 되었다. 건방이는 낙엽 속에서 헤엄치다시피 해서 밖으로 겨우 빠져나왔다. 주위를 살펴보니 먼저 도착한 오방도사가 낙엽을 털털 떨어내고 있는 게 보였다. 다행히 곰은 더 이상 보이지 않았다.

어쩐지 신비로운 기운이 감도는 골짜기였다. 나무가 우거진 계곡 사이로 푸른빛이 도는 맑은 물이 졸졸 흘러가고 있었다. 대낮인데도 골짜기 안은 물안개로 자욱했다.

산세와 지형을 살피던 오방도사가 놀랍다는 듯이 말했다.

"몇 백 년간 사람 발길이 전혀 안 닿은 곳인 것 같구나."

건방이는 계곡물부터 조금 떠 마셨다. 계곡물은 얼음처럼 차갑고 달아서 정신이 번쩍 났다. 한 모금 더 마시려고 고개를 숙인 건방이 눈에 계곡 건너편에 핀 이상한 풀이 들어왔다. 골짜기 안은 아직 겨울 풍경인데 그 풀만은 싱그러운 초록빛으로 고고한 자태를 뽐내고 있었다. 자욱한 물안개도 풀 근처로는 감히 접근하지 못한 채 비껴 흘렀다. 처음 본 풀이었지만 예사 풀이 아닌 게 확실했다.

"사부! 빨리 여기로 와 보세요!"

건방이는 오방도사를 소리쳐 부르고는 텀벙텀벙 계곡물을 건너갔다. 물이 얕아서 건너편에 금세 도착할 수 있었다.

건방이를 따라 계곡을 건너온 오방도사가 신음을 내뱉었다.

"이, 이럴 수가!"

건방이는 긴장한 표정으로 오방도사를 바라보았다.

"왜요? 이거 신통풀 맞는 거죠?"

오방도사가 갑자기 건방이를 꽉 끌어안았다. 건방이는 숨이 막혀서 캑캑거렸다.

"사, 사부…… 일단 이거 놓고……."

오방도사는 잔뜩 흥분한 목소리로 외쳤다.

"제자야! 회춘풀이다, 회춘풀! 아무리 못 돼도 이백 년은 묵은 회춘풀이야!"

간신히 오방도사의 품에서 빠져나온 건방이는 일단 함께 기뻐하며 외쳤다.

"와! 진짜요? 근데 회춘풀이 뭐예요?"

다른 때 같았으면 '이 무식한 놈'으로 시작했을 오방도사가

흥분이 가시지 않은 목소리로 함박 웃으며 대답했다.

"'돌아올 회(回)', '봄 춘(春)'! 이게 바로 젊어지는 신통풀이란 말이다! 이 정도면 이십 년은 젊어지겠구나. 이걸 사려고 갑부 무술인들이 억만금을 싸 젊어지고 올 거다. 우린 한마디로……"

건방이의 얼굴도 흥분으로 달아올랐다.

"대박난 거네요!"

둘은 서로 손을 맞잡고 펄쩍펄쩍 뛰었다.

12. 납치

폭풍 같은 주말이 지나고 다시 월요일이 시작되었다.

"회춘풀을 캤다면서?"

건방이는 화들짝 놀라 초아에게 목소리를 죽이라는 시늉을
했다.

"뭐 어때? 아무도 없는데."

초아는 청개구리처럼 목소리를 더 높이며 아예 건방이 옆 의
자에 앉았다. 지난번 설화당주 집에서 만난 후로 초아는 이렇
게 불쑥불쑥 말을 건네고는 했다. 어쨌거나 화가 풀린 것 같아
다행이었지만 왜 갑자기 초아의 마음이 풀렸는지는 여전히 미
스터리였다.

"우리 스승님도 놀라시더라. 그게 그렇게 대단한 거니?"

건방이는 텅 빈 교실을 다시 한번 확인했다. 점심시간이라 반 아이들 모두 운동장에 몰려 나간 것 같았다.

"그냥 대단한 게 아니라 엄청나게 대단한 거야. 회춘풀은 단순히 겉모습을 젊게 해 주는 게 아니라 몸을 과거의 상태로 돌리는 신통풀이거든. 이를테면 되돌린 시간 이후에 얻은 병이나 상처 같은 것도 다 사라지는 거지. 점박이 아저씨 말로는 최근 오백 년 동안 회춘풀이 세상 밖으로 나온 적이 없대. 아저씨가 살 사람을 물색하고 있다니까 곧 연락이 올 거야. 아마 엄청난 가격으로 팔릴걸?"

건방이는 약간 뻐기듯이 말했다. 사실 그동안 자랑할 사람이 없어서 입이 좀 쑤시기도 했던 참이다.

"그 돈 가지고 뭐할 건데?"

건방이는 그 질문을 기다렸다는 듯 이야기보따리를 풀기 시작했다.

"사부는 농장부터 정육점, 고깃집까지 다 사서 평생 공짜로 고기를 먹고 살자는데, 말도 안 되는 소리지. 돈이 들어오면 몽땅 은행에 넣어 둘 거야. 그러면 원금에 이자가 붙고, 이자에 또 이자가 붙어서 점점 더 부자가 되는 거지. 흐흐흐."

초아가 조금 질렸다는 얼굴로 물었다.

"너 완전히 돈독이 올랐구나! 그렇게 돈을 많이 벌어서 뭐하려고?"

건방이는 뭘 그렇게 당연한 걸 묻냐는 얼굴로 대답했다.

"사부 노후 자금. 그리고 내 교육비랑 생활비로 써야지. 남은 돈은……."

"남은 돈은?"

건방이는 잠깐 심각한 표정을 짓더니 이내 호탕하게 웃어 젖혔다.

"또 은행에 넣어서 이자를 불리는 거야! 어쨌거나 돈은 많을수록 좋은 거거든. 하하하."

초아가 쯧쯧쯧 혀를 찼다.

"어휴, 물어본 내가 바보다."

사실 건방이의 꿈은 따로 있었다.

노인들을 위한 무료 병원을 세우는 일. 그게 바로 건방이의 오랜 꿈이다. 그래서 돈이 없어 치료도 제대로 받지 못하고 자리에 누워 죽음만 기다리는 노인들을 공짜로 치료해 주고 싶었다. 돌아가신 할머니처럼 허망하게 세상을 뜨는 사람이 없도록.

하지만 그걸 입 밖으로 얘기하자니 너무 멋쩍어서 엉뚱한 너스레만 떨고 말았다.

"무슨 얘기를 그렇게 재미있게 해?"

　　건방이와 초아가 깜짝 놀라 고개를 들었다. 인기척도 없이 다가온 면상이가 눈앞에서 활짝 웃는 얼굴로 두 사람을 내려다보고 있었다.

　　"아니, 뭐. 그냥……."

　　건방이는 대충 웃으면서 얼버무렸다. 하지만 마음속으로는 어디까지 들었나 싶어서 가슴이 섬뜩했다. 면상이는 아무 말도 못 들었다는 듯 씩 웃더니 자기 자리로 돌아갔다. 건방이는 어쩐지 그 미소가 기분 나쁘게 느껴졌다.

　　점심시간이 끝나 가는지 애들이 교실로 하나둘 들어왔다. 초아가 면상이의 뒷모습을 쏘아보다가 건방이에게 속삭였다.

　　"야, 쟤 아무래도 이상하지 않아?"

　　"뭐가?"

　　"나도 몰라. 콕 찍어 말은 못 하겠는데, 그냥 뭔가 수상한 냄새가 나."

　　건방이는 초아의 말을 들으면서 곁눈질로 면상이를 흘깃 바라보았다. 마침 교실로 막 들어온 호길이가 면상이 쪽을 보고는 몸을 움찔 떨며 자기 자리로 가는 게 보였다.

　　'그래, 뭔가 있긴 있지.'

　　건방이는 마음속으로만 중얼거렸다.

면상이 옷에 붙어 있던
도꼬마리 열매는 그냥 우연
의 일치인 걸까? 아니면 면상이
가 도꼬마리와 무슨 연관이 있는
걸지도 모른다.

초아는 건방이가 맞장구를 쳐 주
지 않자 김이 빠진 듯했다.

"됐다. 너 같은 둔탱이가 알 턱이 없지.
언젠가 내가 밝혀내고 말 거야."

초아는 자리로 핑 돌아가 버렸다.

집에 도착해 보니 오방도사가 콧노래
를 부르며 짐을 꾸리고 있었다.

"사부, 어디 가요?"

오방도사는 들뜬 얼굴로 대답했다.

"내일 꽃님 소저와 벚꽃 놀이를
가기로 했다. 밤늦게야 돌아올 것
같으니까 집 잘 지키고 있어라."

한 달씩 나가 있을 때도 괴
나리봇짐만 하나 달랑 가지

고 가던 사람이 당일치기 여행에 거의 이삿짐 수준으로 짐을 쌌다.

"꽃님 소저가 입이 궁금할지 모르니까 호박엿도 챙기고, 꽃님 소저가 추울지도 모르니까 무릎 담요도 챙기고. 가만 있자, 꽃님 소저가 갑자기 음악이 듣고 싶을지 모르니까 피리도 챙길까?"

옆에서 듣던 건방이가 결국 한마디했다.

"나 참, 산에 가서 피리 불면 뱀 나와요!"

요즘 오방도사와 설화당주는 핑크빛 열애 중이다. 옆에서 지켜보는 건방이와 초아가 닭살이 돋아 괴로울 정도로.

'근데 둘이 결혼하면 어떻게 되는 거지? 초아랑 나는 대체 무슨 관계가 되는 거야?'

건방이는 복잡한 생각을 떨어내듯 머리를 흔들며 말을 돌렸다.

"그나저나 회춘풀은 대체 어디다 둔 거예요? 잘 있는 거죠?"

오방도사는 터질 듯 퉁퉁한 배낭 지퍼를 억지로 닫으며 의미심장하게 웃었다.

"고럼, 아주아주 안전한 곳에 있지. 흐흐흐."

건방이는 의심스러운 눈초리로 물었다.

"설마 설화당주님한테 잘 보이려고 갖다 주거나 한 건……."

오방도사는 조금 뜨끔한 표정을 짓다가 되레 큰소리를 쳤다.

"떽! 그걸 갖다 준다고 해도 꽃님 소저가 냉큼 받겠느냐? 꽃님 소저라면 혼자만 젊어지는 건 싫다면서 그냥 사이좋게 늙어 가자고 하고도 남지!"

당황해하는 오방도사를 보고 건방이는 속으로 생각했다.

'갖다 주긴 했단 말이군. 설화당주님이 거절한 거고. 그럼 그렇지, 어쨌든 다행이다.'

다음 날 아침, 오방도사는 엄청나게 커다란 배낭을 메고 방에서 나왔다.

"진짜 그렇게 입고 갈 거예요?"

건방이는 오방도사의 화려한 옷차림을 바라보며 걱정스럽다는 듯 물었다. 오늘따라 오방도사는 오방색이 모두 들어간 두루마기를 입었다. 아무리 봐도 아이들이 설날에 입는 때때옷이지 환갑 넘은 노인네가 입을 옷이 아니었다.

"네가 패션의 세계를 어찌 이해하겠느냐. 늙을수록 컬러풀하게 입어야 하는 법이거늘."

오방도사는 도리어 건방이에게 면박을 주고는 대문을 나섰다.

건방이는 고개를 설레설레 저으며 책가방을 챙겨 집을 나왔다. 한참 걸어가는데 집에다 지갑을 놓고 온 게 생각났다.

"오늘 찰흙 사 가야잖아? 에이, 귀찮아 죽겠네."

어쩔 수 없이 다시 발길을 돌려 집으로 향했다.

건방이가 거실로 막 들어선 순간이었다. 누군가 창문에서 휙 빠져나가는 게 보였다. 눈만 뚫린 복면을 뒤집어쓰고 있어 얼굴은 보이지 않았지만 키가 작은 걸로 봐서 건방이 또래인 것 같았다.

"거기 서!"

건방이는 서둘러 복면의 뒤를 쫓았다. 하지만 복면은 순식간에 담장을 넘어 자취를 감추었다. 결국 건방이는 담장 너머까지 쫓아갔다가 추격을 포기하고 집으로 다시 돌아왔다.

집 안은 엉망진창이었다. 하지만 이상하게도 도둑맞은 물건은 하나도 없었다. 책상 위에 놓아 둔 지갑도 그대로였다. 돈이 아닌 다른 무언가를 찾으려다가 그냥 도망간 것 같았다.

'역시 회춘풀을 노린 건가?'

어질러진 집 안을 돌아보던 건방이는 발에 무언가 따끔한 느낌이 나서 발바닥을 들여다보았다.

"헉!"

양말에 도꼬마리 열매가 하나 붙어 있었다. 건방이는 도꼬마리 열매를 떼어 내서 손바닥 위에 올려놓고 자세히 들여다보았다. 영락없이 작은 고슴도치 모양이었다.

딩동댕동.

어떻게 흘러갔는지 모를 수업이 모두 끝났다. 몸만 학교에 앉아 있었지, 정신은 온통 다른 데 팔려 있던 건방이는 서둘러 가방부터 쌌다.

'진짜 도꼬마리가 왔다 간 걸까? 아님 면상이가?'

건방이는 슬쩍 뒤를 돌아 면상이 자리를 바라봤다. 면상이는 벌써 자리를 뜬 뒤였다. 면상이의 옆옆 자리의 초아도 집에 갔는지 보이지 않았다.

'설마…… 아니겠지. 그나저나 그 도둑놈을 대체 어떻게 잡지? 경찰에 신고할 수도 없고.'

종일 도둑 생각에만 골몰해 있었더니 머리가 다 지끈거렸다. 게다가 등교 시간에 쫓겨 제대로 정리하지 못하고 나온 집 생각을 하자 머리가 더 아팠다.

건방이가 가방을 챙겨 교실을 나서려는데 뒤에서 누군가 급하게 걸어오는 소리가 들렸다.

"야! 이건방!"

호길이었다. 얼굴이 잔뜩 굳어 있는 걸 보니 뭔가 심각한 볼일인 것 같았다.

'설마 또 한판 뜨자는 건 아니겠지?'

호길이는 별로 달갑지 않다는 표정을 짓고 있는 건방이 팔을 붙잡고 다짜고짜 어디론가 끌고 갔다.

호길이가 건방이를 데려간 곳은 4층에서 옥상으로 통하는 계단참이었다. 그곳은 학교 수위 아저씨나 드나들까, 아이들은 잘 다니지 않는 곳이었다.

호길이가 건방이를 똑바로 쳐다보더니 불쑥 물었다.

"너, 면상이랑 한판 뜨기로 했냐?"

"뭐?"

건방이는 어리둥절한 표정을 지으며 되물었다.

호길이가 계단 아래쪽을 한 번 더 확인한 다음, 소리를 죽여 말했다.

"너 좀 싸우는 거 알아. 지난번에도 나한테 일부러 맞아 준 거, 내가 모를 줄 알았어? 진심으로 충고하는데 면상이한테는 알아서 기는 게 나을 거다. 니가 주먹을 얼마나 쓰는지는 몰라도 그놈은 달라. 걘…… 진짜 무서워."

호길이의 표정에 불안과 두려움이 뒤섞여 있었다.

"도대체 무슨 소리야? 내가 왜 면상이랑……"

건방이는 황당하면서도 조금은 뜨끔한 심정으로 되물었다.

"야, 선수끼리 그만하자? 나도 걔 전학 오자마자 맞짱 떴다가 완전 박살났어. 걔가 비밀로 하라고 해서 아무한테도 말 안 했지만. 암튼 면상이가 너한테 이거 전하래. 안 봐도 뻔하지 뭐. 맞짱 뜰 장소하고 시간이 적혔을 거야."

호길이가 주머니에서 꼬깃꼬깃하게 구겨진 쪽지를 꺼냈다. 건방이는 서둘러 쪽지를 펼쳐 보았다.

배초아는 내가 데리고 있다.
오늘 오후 6시. 학교 뒷산 봉화대에서
기다리겠다. 여자 친구를 살리고
싶으면 회춘풀을 갖고 와라.

건방이는 어이가 없었다. 그러고 보니 수업을 마치자마자 면상이와 초아가 사라진 게 떠올랐다.

"이거 진짜 미친놈 아냐?"

건방이가 하도 기가 막혀서 중얼거렸다.

하지만 옆에서 어깨너머로 편지를 훔쳐본 호길이는 엉뚱한 대목에서 충격을 받은 모양이다.

"이럴 수가…… 너…… 초아랑 사귀는 거야?"

금방이라도 울 것 같은 표정을 짓는 호길이를 바라보며 건방이는 한숨을 푸욱 쉬었다.

13. 봉화대 결전

'역시…… 면상이가 도꼬마리인 게 틀림없어!'

봉화대로 향하는 내내 건방이의 머릿속은 복잡하기만 했다.

산속은 해가 짧아서 저녁 5시인데도 사방이 어둑했다. 봉화대 근처에는 개미 한 마리 보이지 않았다. 봉화대라고는 해도 조선 시대에 봉화를 올렸다는 얘기가 전해 올 뿐 지금은 무너진 터만 남은 곳이다.

'하필 이럴 때 벚꽃 놀이람. 아무튼 도움이 안 돼.'

건방이는 지금쯤 설화당주와 신나게 놀고 있을 오방도사를 원망했다. 혹시나 해서 집 안을 뒤져 보았지만 역시나 회춘풀은 집에 없었다.

'어쩔 수 없지. 일단 가져온 척하고 협상해 보다가 안 되면 힘으로 해결하는 수밖에.'

뒤편에서 초아의 날카로운 목소리가 들렸다.

"야! 이 나쁜 놈아! 이거 당장 안 풀어?"

돌아보니 면상이가 뒤로 손을 묶은 초아를 앞세운 채 걸어오고 있었다. 초아는 인질로 잡힌 상황인데도 여전히 기가 살아 펄펄 날뛰고 있었다.

"회춘풀은 가지고 왔겠지?"

웃음기가 전혀 없는 면상이의 얼굴이 딴 사람처럼 낯설어 보였다.

"일단 초아부터 풀어 줘. 니가 잘 모르나 본데, 쟤네 사부가 얼마나 무서운⋯⋯."

면상이가 건방이의 말허리를 싹둑 자르며 말했다.

"알아. 그 악명 높은 설화당주지. 하지만 지금 여기 달려올 정신은 없을걸? 네 사부랑 꽃구경하며 희희낙락 놀고 있을 테니까 말이야."

건방이는 흠칫 놀랐다. 그제야 이 모든 일이 우연이 아니라는 데에 생각이 미치면서 등에 식은땀이 흘렀다.

'정말 보통 녀석이 아니구나.'

면상이가 음침한 표정으로 말을 이었다.

"오방도사 제자랍시고 하늘 높은 줄 모르고 나대던데, 죽기 싫으면 당장 회춘풀부터 내놔."

건방이는 이상한 걸 느꼈다. '오방도사 제자랍시고' 하는 말투에서 뭔가에 비비 꼬인 듯한 심사가 느껴진 것이다.

'사부랑 아는 사이인가? 눈치를 보아하니 무슨 원수라도 되는 것 같은 분위긴데…….'

건방이는 슬쩍 젠체하며 면상이를 떠보았다.

"뒷조사 좀 했나 보지? 푼수기가 있는 게 탈이긴 해도 우리 사부, 실력 하나는 최고라는 것도 잘 알겠네. 그리고 난 우리 사부의 하나뿐인 제자야. 실력으로는 자신 없어서 여자애나 납치하는 너 같은 놈하고는 차원이 다르지."

입가에 비웃음을 머금고 있던 면상이의 얼굴이 흉하게 일그러졌다.

"하룻강아지 범 무서운 줄 모른다더니. 다신 그 입 못 놀리게 해 주마."

면상이는 초아를 한쪽으로 밀어 버리고 저벅저벅 건방이 쪽으로 다가왔다. 넘어질 듯 비틀거리던 초아는 다람쥐처럼 재빠르게 한 바퀴 굴러서 중심을 잡고 섰다.

"이 비겁한 놈아! 너 나한테 큰 코 다칠 줄 알아!"

면상이는 꽥꽥 소리를 지르는 초아를 무시하고 건방이 앞에

섰다. 건방이는 일단 두 손에 수석술의 기운을 씌워 가슴 높이로 들어 올렸다.

"흐흐흐. 고작 그 정도로 나를 상대해 보겠다고?"

면상이가 다짜고짜 주먹을 날렸다. 놀라운 빠르기였다. 건방이는 헉, 소리를 내며 가까스로 면상이의 공격을 막았다.

쩡!

뭔가 깨지는 소리가 났다. 건방이는 손을 타고 지잉, 올라오는 통증에 당황했다. 수석술을 썼는데도 손이 아픈 건 처음이었다. 건방이는 정신이 번쩍 났다.

'젠장. 녀석도 수석술을 쓰는구나! 게다가 나보다 한 수 위야.'

쉴 틈 없는 공격과 방어가 더 이어졌다. 면상이의 공격은 점점 날카로워지는 반면, 건방이의 방어는 눈에 띄게 힘을 잃어 갔다. 언뜻 보면 비등하게 싸우는 것 같았지만 두 사람의 실력 차이는 확연했다.

'이대로 가면 지겠어.'

건방이의 이마에 진득하게 땀이 솟았다.

촤라랑!

갑자기 맑은 쇳소리와 함께 낭창거리는 연검이 둘 사이를 파고들었다. 초아였다. 초아 뒤편으로 엉거주춤 서 있는 호길이도 보였다. 몰래 따라와서 훔쳐보고 있다가 초아 손을 풀어 준 모

양이다. 그런데 호길이는 어안이 벙벙한 표정으로 서 있었다. 제 딴에는 정의의 사도처럼 짜잔 나타나 멋있는 척하려고 했는데 초아가 기다렸다는 듯이 칼을 들고 설치자 놀란 것 같았다.

"면상인지 낯짝인지, 이젠 나랑 한번 붙어 볼까? 아깐 기습으로 어이없이 당했지만 이번엔 쉽지 않을걸?"

초아가 연검을 휘두르며 매섭게 공격했다. 잠깐 당황했던 면상이가 곧 냉정을 되찾고는 착착, 연검을 막아 냈다.

"계집애라고 봐줬더니 안 되겠구나. 너부터 없애 주지."

다음 순간, 면상이는 초아의 연검을 맨손으로 잡아 팔뚝에 둘둘 감아 버렸다. 초아도 연검을 놓치지 않으려고 죽을힘을 다해 손잡이를 움켜쥐었다.

지이익.

연검의 검신이 조금씩 찢어졌다. 워낙 연성이 좋은 검이라 양쪽에서 강하게 잡아당기는 힘을 버티지 못하는 것 같았다.

"안 돼!"

초아가 비명을 질렀지만 결국 연검은 완전히 두 조각이 나고 말았다. 그 틈을 놓치지 않고 면상이의 주먹이 허공을 갈랐다. 사방이 어두컴컴한데도 부릅뜬 면상이의 눈에서 살기가 번뜩였다. 건방이는 저도 모르게 초아의 앞을 막아섰다.

챙!

날카로운 쇳소리가 울려 퍼졌다.

면상이가 손을 감싸 쥐며 한발 물러섰다. 건방이는 놀라서 자신의 손을 만져 보았다. 싸늘하게 날이 선 느낌이 났다.

"수검술……"

면상이가 이를 갈며 중얼거렸다.

"오방도사가 그런 것도 가르쳐 준 모양이지? 흥, 하나뿐인 후계자라 이건가?"

"아니, 도대체 뭔 소리야?"

어리둥절해하는 건방이를 향해 면상이가 눈을 짐승처럼 번득이며 달려들었다. 지금까지와는 비교도 할 수 없을 정도로 흉흉한 기세였다. 건방이는 공격할 엄두도 내지 못한 채 면상이의 공격을 막기에만 급급했다. 정신이 어지러워지자 잠깐 맺혔던 칼의 기운도 사라졌다.

순간 뒤에서 누군가 건방이의 팔을 잡았다. 초아였다.

"정신 차려! 다시 한번 날을 세워 봐! 내가 공격할게."

초아가 건방이의 귓가에서 다급하게 속삭였다. 건방이는 아까처럼 수검술을 시도해 봤지만 마음이 급해져서 정신만 더 산만해졌다.

건방이가 수검술을 마음대로 쓸 수 없다는 걸 알아챈 면상이가 비열하게 웃었다.

"이번에야말로 너희 둘을 한꺼번에 죽여 주마."

살기등등한 면상이의 얼굴이 마치 악마처럼 일그러졌다. 건
방이는 눈을 질끈 감고 필사적으로 오방구결을 떠올렸다.

**모든 것을 가능하게 하는 것은 우주의 중심인 흙의 기운, 즉
나 자신을 믿는 '신(信)'의 마음가짐이다.**

건방이는 오른손에 정신을 집중했다.

'나는 할 수 있다. 할 수 있다, 이얍!'

그러자 놀랍게도 손에 싸늘한 칼의 기운이 서리는 것이 느껴
졌다. 초아는 건방이의 팔을 검처럼 움켜쥐었다. 건방이는 초아
가 이끄는 대로 손을 맡겼다. 방어에만 급급했던 건방이의 손
을 통해서 매서운 공격이 펼쳐졌다.

"으윽!"

면상이는 수세에 몰려 한두 발자국씩 뒤로 물러서기 시작했
다. 신바람이 난 초아의 검법에 점점 힘이 실리고 면상이의 얼
굴은 점점 일그러졌다.

"흥! 내가 큰 코 다칠 거라고 했지?"

초아가 회심의 미소를 지으며 마지막 공격을 하려는 순간이
었다.

14. 정체가 탄로나다!

"초아야, 거기까지만 하거라."

뒤에서 낭랑한 목소리가 들렸다. 초아가 공격을 멈추고 목소리가 들려온 쪽을 향해 고개를 돌렸다.

갈참나무 그늘 아래에서 설화당주가 천천히 걸어 나왔다. 그 뒤로 딱딱하게 굳은 표정의 오방도사도 보였다.

"스승님!"

"사부!"

건방이와 초아는 반가운 마음에 동시에 소리쳤다.

면상이는 오방도사를 보더니 흠칫 놀라며 동작을 멈추었다. 오방도사는 말없이 면상이 쪽으로 다가갔다. 면상이는 몸을 부들부들 떨며 우두커니 서 있다가 갑자기 "으아악!" 소리를 지르며 오방도사를 향해 달려들었다.

오방도사는 마구잡이로 날아오는 면상이의 주먹을 가볍게 피했다. 공격이 먹히지 않자 면상이는 발차기를 시도했다. 오방도사는 가슴 쪽으로 날아오는 면상이의 발을 주먹으로 막았다.

빠각!

뭔가 부러지는 소리가 났다.

"으아악!"

면상이가 소리를 지르며 땅바닥에 나뒹굴었다. 발목뼈가 부러진 모양이다. 오방도사는 더 이상 손을 쓰지 않고 가만히 면상이를 내려다보았다. 면상이는 뼈가 부러졌는데도 여전히 독기 어린 목소리로 바락바락 소리를 질렀다.

"흥! 그러지 말고 아예 날 죽이지 그래? 어서 죽이라고!"

면상이가 이를 꽉 깨물고 일어섰다. 한쪽 발목이 이상한 각도로 꺾였는데 아픔을 느끼지 못하는 것 같았다.

오방도사는 말없이 면상이 앞으로 걸어갔다.

"못난 놈!"

오방도사는 낮은 꾸지람과 함께 면상이의 뺨을 철썩, 후려쳤다. 면상이의 눈이 튀어나올 것처럼 크게 떠졌다.

철썩, 철썩, 철썩.

오방도사는 연이어 면상이의 따귀를 때렸다. 이상하게도 면상이는 더 이상 반항하지 않고 잠자코 맞기만 했다.

잠시 후, 면상이가 얼굴을 일그러뜨리며 울기 시작했다.

으형엉엉엉.

깊은 한이 맺힌 것처럼 서럽게 소리 내어 울었다.

건방이는 일그러진 면상이의 얼굴을 바라보다가 깜짝 놀랐다. 어느샌가 면상이의 얼굴이 주름 가득한 노인의 얼굴로 변해 있었기 때문이다. 몸은 여전히 어린애 그대로인데 얼굴만 늙어서 더욱 기괴해 보였다. 건방이는 예전에도 그 얼굴을 본 적이 있었다.

'맞아. 초아가 전학 온 날!'

언뜻 면상이의 얼굴 위로 겹쳐지던 그 노인의 얼굴이 틀림없었다.

"그래, 대도 소리를 들으며 사니 좋더냐?"

오방도사가 여전히 노여운 말투로 물었다.

면상이는 한참 동안 눈물만 주룩주룩 쏟더니 들릴 듯 말 듯 한 목소리로 흐느끼며 말했다.

"파문당한 뒤로…… 스승님에 대한 원망 때문에…… 보란 듯이 도둑질을 하고 살았습니다. 흑흑…… 그러다 정신을 차렸을 땐 이미…… 얼굴만 늙은 괴물이……."

그제야 건방이는 그간의 사정을 모두 이해할 수 있었다. 면상이, 그러니까 도꼬마리는 사부의 첫 번째 제자였다.

이십 년 전, 변면술 때문에 파문당한 제자.

오방도사는 도꼬마리의 흐느낌이 잦아질 때까지 아무 말이 없었다. 그러더니 두루마리 고름을 풀고는 바지 속으로 손을 쑥 집어넣었다.

'아니, 사부…… 지금 뭐하는 거야?'

건방이는 오방도사의 행동에 민망함을 느꼈다. 곁에 서 있던 설화당주도 얼굴을 붉히며 살짝 고개를 돌렸다.

오방도사는 "어험." 하고 헛기침을 하며 바지 속에서 손을 한참 꼬무락대더니 뭔가를 꺼내 들었다. 회춘풀이었다.

'내가 못 살아. 아주아주 안전하다는 곳이 빤스 속 비상금 주머니였던 거야?'

건방이는 속으로 혀를 찼다.

오방도사는 회춘풀을 도꼬마리 앞으로 툭 던져 주었다.

"스, 스승님!"

도꼬마리가 다시 울음을 터뜨리며 머리를 땅바닥에 처박다시피 조아렸다.

"사부, 미쳤어요? 저걸 주면 어떡해요!"

건방이가 펄쩍 뛰며 달려가려는데 설화당주가 건방이에게 말을 건넸다.

"오라버니에게 들었을 때도 설마했는데, 진짜로 수검술을 쓰더구나."

"네? 저 그게…… 저도 잘 모르겠어요. 그냥 어쩌다 보니까……."

설화당주의 말에 당황한 건방이가 얼버무렸다. 설화당주는 멋쩍어 뒷머리를 긁

적이는 건방이에게 진지한 어조로 말했다.

"수검술은 검으로 헤아릴 수 없이 아득한 경지에 오른 고수만 썼다는 전설의 기술이란다. 놀랍구나. 정통 수검술과는 좀 달라 보이긴 하다만, 가벼이 여길 재주는 아니다. 네가 지닌 재능은 권법이 아니라 검법 쪽인지도 모르겠다. 앞으로 시간 날 때마다 나에게 와서 검법을 배워 보려무나."

건방이는 설화당주의 칭찬에 왠지 쑥스러워서 대답 대신 고개를 끄덕였다. 무술에 재능이 있다는 말을 난생 처음 들은 터라 기분이 들떴다.

저쪽에 서 있던 초아가 다가와 눈치 없이 끼어들었다.

"그러니까 면상이가 뉴스에서 나오는 그 도꼬마리라는 거야? 네 사형이기도 하고? 세상 좁다더니……."

하지만 건방이에게는 초아의 말이 반도 들리지 않았다. 한참 울고 난 도꼬마리가 회춘풀을 입으로 가져가는 게 눈에 들어왔기 때문이다.

"시끄러! 지금 그게 문제냐? 저 비싼 걸!"

금쪽같은 회춘풀이 도꼬마리의 입 안으로 사라져 가는 걸 바라보며 건방이는 발을 동동 굴렀다.

초아는 자기 말을 무시당하자 눈을 쌜쭉하게 떴다. 그러고는 오방도사더러 들으란 듯이 목소리를 높여 말했다.

"흥! 그나저나 웃기는 일 아니니? 알고 보면 네가 한술 더 뜨는데 말이야. 곤경에 빠진 애들한테 돈 받고 대신 싸워 주는 거, 너희 스승님도 아셔? 말이 좋아 머니맨이지, 겁줘서 돈을 뺏는 거랑 뭐가 다르단……."

화들짝 놀란 건방이가 초아의 입을 틀어막았지만 이미 늦었다.

"뭐야?"

오방도사의 눈에 화르륵 불이 붙었다.

"그, 그게 아니고요……."

건방이는 서둘러 변명을 하려고 했지만 오방도사가 한발 빨랐다.

"잘한다, 잘해! 첫 제자는 도둑질, 둘째 제자는 깡패질. 오냐, 오늘 내가 정신 교육을 제대로 시켜 주마."

"사, 사부!"

오방도사는 효자손을 들고 건방이의 볼기짝을 두들기기 시작했다.

"으아악!"

초아는 고소해 죽겠다는 표정으로 건방이를 지켜보았다.

"야, 니, 니들 대체 뭐야? 그리고 저 할머니랑, 할아버지랑, 그리고 면상이……."

나무 뒤에 숨어서 모든 걸 지켜 본 호길이가 쭈뼛거리며 초

아 곁으로 다가왔다. 호길이는 눈만 똥그랗게 뜬 채 온몸을 후들후들 떨고 있었다.

"호길아, 세상에는 설명할 수 없는 일들이 많아. 서로를 위해 지켜 줘야만 하는 비밀도 있고."

초아가 검지를 펴서 입에 갖다 대며 은근한 목소리로 말했다.

"너라면 이해해 줄 거지?"

초아의 목소리에 홀린 듯이 호길이가 멍하니 고개를 끄덕였다.

"그…… 그럼, 이, 이해하지. 걱정 마. 아, 아무한테도 마, 말 안할게."

초아가 싱긋 웃자 호길이는 반쯤 넋이 나간 얼굴이 되었다.

한참 건방이의 정신 교육에 열정을 쏟던 오방도사가 문득 도꼬마리 쪽을 바라보았다. 도꼬마리는 회춘풀을 몽땅 씹어 먹고, 멀뚱멀뚱 앉아 효과가 나타나 기를 기다리고 있었다.

"그러고 보니…… 점박이 말로는 회춘풀이 이백 년 근이 아니라 이백오십 년 근 같다고 했는데. 이십오 년 더 젊어지면 저놈은 대체 몇 살이 되는 거야?"

오방도사는 혼잣말처럼 중얼거리다가 귀찮다는 듯 고개를 휘휘 저었다.

"에이, 이십 년이나 이십오 년이나, 그게 그거지 뭐."

15. 돌아온 머니맨, 그리고······

희미한 가로등 아래서 고등학생 서너 명이 수군거리고 있었다.

"머니맨인가 뭔가가 여기를 떴다는 거, 확실한 정보지?"

"짜식, 쫄았냐? 걱정 마셔. 다시 활동을 개시한 애들 말이 요즘 그놈 코빼기도 못 봤대."

"아오, 그놈 때문에 몇 달간 찌그러져 있던 걸 생각하면······."

골목 저편에서 타박타박 발소리가 들려왔다. 가로등 아래 서 있던 고등학생들은 목소리를 죽이고 담배를 꺼내들었다. 초등학생 위협용으로는 담배만 한 아이템이 없었다.

골목 모퉁이에서 한 사내아이가 핫도그를 손에 들고 나타났다. 아이는 가로등 아래에 서 있는 세 사람을 보더니 혁, 소리와 함께 우뚝 멈춰 섰다.

담배를 피우며 분위기를 잡던 빡빡이가 아이를 유심히 바라보고는 클클 웃었다.

"아니, 이게 누구야? 우리 아는 사이 맞지?"

뚱뚱이도 킬킬 웃으며 거들었다.

"이거 보통 인연이 아니네. 엉아들 기억 안 나?"

핫도그는 아무 대답도 못 하고 부들부들 떨기만 했다. 몇 달 전 여기서 뚱뚱이와 빡빡이 패거리를 만난 후 계속 다른 길로 빙 돌아다녔는데…… 오늘은 피곤해서 그냥 지름길로 간다고 이 골목으로 들어온 것이 실수였다.

"머, 머니맨…… 도와주세요! 머니맨 도와주세요! 머니맨 도와주세요!"

핫도그는 눈을 질끈 감고 주문을 외우듯 빠르게 외쳤다. 뚱뚱이와 빡빡이는 약속이라도 한 듯 동시에 푸하하 웃음을 터뜨렸다.

"아이고 우리 애기, 머니맨 찾았쪄요? 우쭈쭈…… 그런데 이걸 어쩌나. 머니맨은 이제 못 와요."

머니맨을 세 번 불렀는데도 소용없자 핫도그의 얼굴이 하얗게 질렸다. 빡빡이가 담배를 비벼 끄며 위압적으로 손짓을 했다.

"야, 좋은 말로 할 때 얼른 와라? 오늘도 스마트폰 집에 두고 왔다고 뻥치면 죽는다."

핫도그는 주머니 속에 있는 스마트폰을 떠올리자 눈앞이 캄캄했다. 아직 할부도 22개월이나 남았는데…….

"형들…… 제가 잘못했어요. 한 번만 봐주세요…….”

핫도그는 눈물을 글썽이며 사정했다. 그러자 뚱뚱이가 짜증 난다는 표정을 지었다.

"넌 어째 예전이나 지금이나 변한 게 하나도 없냐? 엉아들 피곤하게."

그 말을 기다렸다는 듯이 뒤쪽에서 귀에 익은 목소리가 들렸다.

"그러게, 니들은 어째 예전이나 지금이나 변한 게 하나도 없냐? 엉아 피곤하게."

가로등 불빛을 뒤로 하고 사내아이가 서 있었다. 푹 눌러쓴 야구 모자 위로 'M' 자가 선명하게 드러났다.

"머니맨!"

핫도그의 얼굴이 환하게 빛났다. 반면 뚱뚱이와 빡빡이의 얼굴은 흙빛이 되었다. 옆에 있던 패거리도 서둘러 몸을 돌려 달아나려 했지만 머니맨이 한 발 빨랐다.

픽! 윽! 퍽! 악! 털썩!

타임머신을 타고 과거로 돌아간 것 같은 광경이 펼쳐졌다. 핫도그는 서둘러 주머니를 뒤졌다. 머니맨에게 줄 돈을 찾기 위해서였다.

'아 참! 아침에 준비물 사느라 용돈을 다 썼잖아?'

핫도그는 자기 머리를 쿵쿵 쥐어박았다. 머니맨이 핫도그 쪽으로 자박자박 걸어왔다. 핫도그는 고개를 푹 숙이고 기어 들어가는 목소리로 말했다.

"머니맨, 미안해요. 돈이 없는 걸 깜빡했어요. 내일이라도 꼭……."

머니맨이 손을 들어 핫도그의 말을 끊었다.

"됐어. 앞으로는 안 받아. 우리 사부가 곤경에 처한 사람한텐 돈 받지 말래."

핫도그는 멍하니 머니맨을 바라보다가 먹다 만 핫도그를 불쑥 내밀었다.

"그럼 이거라도 드세요!"

멈칫하며 침을 한번 꿀꺽 삼킨 머니맨은 핫도그를 뿌리치듯 고개를 휘휘 저으며 말했다.

"됐어. 앞으로는 좀 멀더라도 안전하게 큰길로 다녀라."

"감사합니다!"

핫도그는 허리를 90도로 숙여 인사를 하고 탁탁탁 뛰어갔다.

잠시 후, 바닥에 널브러져 있던 뚱뚱이와 빡빡이 패거리가

"으윽." 하는 신음 소리와 함께 부스럭부스럭 정신을 차렸다. 머니맨은 그걸 지켜보고 있다가 벼락같이 호통을 쳤다.

"당장 꿇어 앉아!"

뚱뚱이와 빡빡이 패거리는 깜짝 놀라 서둘러 무릎을 꿇고 앉았다. 머니맨이 팔짱을 끼며 말했다.

"우리 사부가 곤경에 처한 사람한테는 돈 받지 말라고 했어도, 곤경에 처하게 한 사람한테 돈 받지 말라고는 안 했거든. 앞으로는 너희가 비용을 지불해 줘야겠어."

머니맨은 영문을 모르겠다는 불량 청소년들 앞에서 요금을 좔좔 읊었다.

"고딩을 상대로 했을 경우 80,000원, 중딩은 90,000원, 초딩은 100,000원. 오늘은 초딩 한 명이니까 100,000원에 7시가 지났으니까 야간 할증료 10,000원 추가. 합이 110,000원이야."

빡빡이가 입을 떡 벌렸다.

"그, 그렇게 큰돈이 어디 있어요? 저희도 오죽하면 초딩한테 돈이나 뜯고 다니겠어요?"

머니맨이 그럴 줄 알았다는 듯 씩 웃었다.

"순순히 안 내놓을 줄 알았지. 괜찮아, 이런 건 또 우리 사형이 전문이거든. 형님!"

머니맨이 어두컴컴한 골목 쪽을 향해 소리를 질렀다. 잠시 후,

모퉁이에서 자그마한 체구의 아이가 타박타박 걸어 나왔다. 머니맨의 형이랍시고 나타난 아이는 머니맨보다 더 작아서 초등학교 2학년이나 될까 말까 해 보였다. 아이 역시 야구 모자를 꾹 눌러쓰고 있었다. 하지만 야구 모자에는 'M' 자가 아닌 고슴도치 문양 비슷한 것이 새겨 있었다.

"아우야, 이제부터는 나한테 맡겨라."

새로 등장한 아이에게서는 음습하기 짝이 없는 분위기가 풀풀 풍겨 나왔다.

뚱뚱이는 새로 나타난 아이를 보고는 패거리에게 눈짓을 했다.

'머니맨은 그렇다 치고, 저런 꼬맹이야 우리가 어떻게 못해 보겠냐?'

고슴도치 모자는 녀석들의 생각을 아는지 모르는지 골목을 굴러다니던 시멘트 벽돌부터 주워 들었다.

대체 뭘 하려고······.

멀뚱히 쳐다보는 녀석들 앞에서 고슴도치 모자는 벽돌을 휙 공중에 던진 후 주먹으로 후려쳤다.

빠각!

시멘트 벽돌이 산산조각 났다. 뚱뚱이와 빡빡이 패거리는 헉, 소리를 내며 숨을 멈추었다. 고슴도치 모자는 긁힌 자국 하나 없는 멀쩡한 손을 탁탁 털어 냈다.

"이제껏 내 돈을 떼먹고 성하게 걸어간 놈이 없지. 게다가 요즘 내가 살짝 가난해져서 말이야."

모자 아래로 겨우 보이는 입술이 싸늘하게 미소 짓고 있었다.

"참, 니들도 돈이 없다고 했지? 어디 진짜 없는지 한번 털어 볼까? 킬킬."

"으아악!"

골목 안에 공포에 질린 비명 소리가 메아리쳤다.

담장 안쪽에 있는 집들은 모두 불이 환하게 켜져 있었지만 누구 하나 내다보는 사람이 없었다. 어느 집에서 텔레비전을 켜 놨는지 귀에 익은 아나운서의 목소리가 가느다랗게 들려왔다.

……대도 도꼬마리가 그동안의 잘못을 용서해 달라는 쪽지와 함께 경찰서로 택배를 보내왔습니다. 택배 상자 안에는 최근 도난당한 다이아몬드를 제외하고도 돈으로 환산할 수 없을 정도로 귀한 도난품들이 들어 있었다고 합니다.

한편 멀찍이서 그 모습을 지켜보는 두 사람이 있었다.

"그래, 저놈들이 오방도사의 제자들이란 말이지? 흐흐흐."

수염을 길게 기른 남자가 입가에 비웃음을 머금은 채 낮게 읊조렸다. 머리카락과 수염은 새카만데 이마에는 주름이 가득해서 몇 살인지 짐작되지 않는 얼굴이었다. 그 옆에 서 있던 안경 낀 사내아이 역시 음침하게 웃으며 대답했다.

"히히힛. 네, 스승님."

때마침 구름을 벗어난 달이 사내아이의 얼굴을 비추었다. 족제비처럼 눈을 가늘게 뜨고 웃고 있는 아이는 바로 오지랖, 아니 오지만이었다.

외전. 머니맨 비긴즈

겨울바람이 골목길을 날카롭게 긁고 지나갔다. 건방이는 심각한 표정으로 골목길 전봇대 앞에 서 있었다. 전봇대에는 구인 전단지 같은 게 닥지닥지 붙어 있었다.

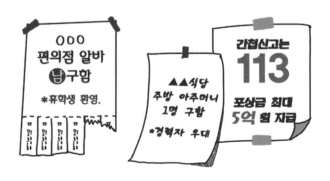

건방이는 길게 한숨을 내쉬며 발걸음을 돌렸다.

"후유, 초등학생이 돈 벌 수 있는 방법은 없나?"

오방도사의 제자가 된 지 벌써 이 년이 훌쩍 넘었다. 4학년 겨울 방학을 며칠 앞둔 요즘 건방이는 돈 벌 궁리에 한창이었다.

"고정적인 수입이 있어야 돼. 언제까지 사부한테만 의지할 수는 없어."

경제관념이 없는 오방도사 덕분에 일찌감치 세상살이에 눈을 뜬 건방이였다. 옛날보다 살림살이가 많이 나아졌다고는 해도 아직 안심하기에는 일렀다. 오방도사가 신통풀을 캐서 얻는 소득이 들쑥날쑥했기 때문이다.

"앗, 벌써 6시가 넘었잖아?"

건방이는 시계를 들여다보고는 깜짝 놀랐다. 겨울이라 날이 짧은 데다 오늘은 눈까지 올 모양인지 하늘이 어둑어둑했다. 일주일 전에 신통풀을 캐러 간 오방도사가 오늘쯤이면 집에 들어올지도 몰랐다. 집에 와서 저녁이 준비되어 있지 않으면 온갖 신경질을 낼 게 분명했다.

"어쩔 수 없지. 지붕 위로 뛰어가는 수밖에."

건방이는 주변에 아무도 없는 것을 확인한 후, 바로 옆에 보이는 집 지붕 위로 훌쩍 뛰어올랐다. 다음 지붕으로 뛰어오르려고 하는데 사람들이 옥신각신하는 소리가 들려왔다. 술에 취했는지 혀가 꼬부라진 소리도 간간이 섞여 들렸다.

'누가 싸우나?'

귀를 기울여 보니 집으로 가는 방향과는 반대 방향이었다. 건방이는 갈까 말까 잠깐 고민했지만 결국 호기심을 이기지 못하고 방향을 틀었다.

어두운 골목길에 눈이 내리기 시작했다. 가로등 불빛도 닿지 않는 골목 구석에서 불량배로 보이는 남자 두 명이 술 취한 아저씨를 에워싸고 있었다. 아저씨 코가 빨간 걸 보니 술에 많이 취한 것 같았다.

"어이, 형씨. 길가다 사람이랑 부딪쳐 놓고 잘못했다고만 하면 다야? 엉?"

검정 점퍼를 입은 남자 하나가 험상궂은 표정으로 빨간 코 아저씨의 어깨를 툭 밀었다.

"그, 그럼, 딸꾹! 뭘 어떻게…… 딸꾹!"

빨간 코 아저씨는 비틀거리며 금방이라도 쓰러질 듯 허리를 푹 숙였다. 그러자 흰 마스크를 쓴 남자가 건들건들한 태도로 빨간 코 아저씨의 품을 뒤졌다.

"당연히 돈으로 보상해야지. 안 그래?"

지갑을 뺏기고 나자 빨간 코 아저씨는 갑자기 정신이 들었는지 흰 마스크 손에 들린 지갑을 붙잡고 늘어졌다.

"내, 내 지갑 내 놔! 딸꾹!"

흰 마스크는 다짜고짜 빨간 코 아저씨의 배에 주먹을 꽂았다.

"으으윽!"

빨간 코 아저씨가 땅바닥에 벌렁 널브러졌다. 그 모습이 우스웠던지 검정 점퍼와 흰 마스크가 서로 마주 보고 낄낄 웃어 댔다.

'아니, 저런 나쁜 놈들!'

근처 지붕 위에서 모든 걸 지켜본 건방이는 주먹을 불끈 쥐었다. 얼마 전 근처에 있던 파출소가 다른 곳으로 이전한 후, 이 골목은 점점 무법천지가 되어 가고 있었다. 건방이는 도와줘야 하나 말아야 하나 고민에 빠졌다.

'내가 저 불량배들을 이길 수 있을까? 아직 기본기도 마스터하지 못 했는데.'

기본기를 연마한 지 이 년이 다 되어 가건만 건방이의 실력은 여전히 제자리걸음이었다. 수석술은 어느 정도 손에 익었지만 그걸 이용한 공격과 방어 기술들은 아직도 어설펐다. 공격이나 방어를 하려고 하면 손에 걸어 둔 수석술이 풀려 버리기 일쑤였다. 분명 열심히 수련하고 있는데 도대체 무엇이 문제인지는 알 수 없었다.

불량배들은 지갑을 손에 넣자 서로 눈짓을 교환하며 자리를 뜨려고 했다. 건방이는 더 생각하지 않고 지붕 위에서 훌쩍 뛰어내렸다.

검정 점퍼는 갑자기 눈앞에 작은 형체가 나타나자 눈을 크게 떴다. 하지만 그게 무엇인지 정확히 알아차리기도 전에 픽, 하는 충격을 받고 엉덩방아를 찧었다.

"으억!"

마치 벽돌로 따귀를 얻어맞은 것 같았다. 흰 마스크도 깜짝 놀라 한 발자국 뒤로 물러섰지만 작은 형체는 그보다 더 빨랐다.

"끄악!"

흰 마스크도 볼을 감싸 쥐며 엉덩방아를 찧었다. 그 작은 형체는 둘을 공격하자마자 흔적도 없이 사라져 버렸다. 어둑한 골목 안에는 눈만 어지럽게 휘날릴 뿐, 사람 그림자는 찾아볼 수 없었다. 대신 어디선가 '히히히히' 웃음소리가 났다.

"으아악! 귀신이다!"

검정 점퍼와 흰 마스크는 지갑도 내동댕이치고 줄행랑을 놓았다. 잠시 후, 어둠 속에서 야구 모자를 꾹 눌러쓴 건방이가 나타났다.

"히히히. 별것도 아니네."

건방이는 지갑을 주워서 빨간 코 아저씨에게 다가갔다.

"아저씨, 얼른 집에 들어가세요."

빨간 코 아저씨는 지갑을 받아 들고 몽롱한 눈으로 건방이를 바라보았다.

"응? 니, 니가 날 도와주셨군요. 딸꾹! 고오맙습니다."

여전히 술이 덜 깬 얼굴로 고맙다고 계속 인사를 하더니 지갑을 열어 만 원짜리 한 장을 꺼냈다.

"이거, 딸꾹! 내가 고마워서 주는 거야. 내 맘 알지? 으응?"

건방이는 당황해서 손을 내저었다.

"아, 아니에요. 괜찮아요!"

그러자 비식거리던 빨간 코 아저씨가 갑자기 인상을 쓰며 소리를 빽 질렀다.

"아니, 딸꾹! 어─디서 어른이 말씀하시는 데에! 얼른 받아! 딸꾹!"

"네? 네……."

건방이는 얼결에 돈을 건네받았다. 그제야 빨간 코 아저씨는 흐뭇한 얼굴로 주섬주섬 일어났다.

"어허, 이놈의 술은 어째 깨지도 않고 자꾸자꾸 더 취한다나?"

빨간 코 아저씨는 흥얼거리며 비틀비틀 걸어갔다. 건방이는 빨간 코 아저씨의 뒷모습을 바라보며 고개를 설레설레 저었다.

"그나저나 공격이 이렇게 자연스럽게 된 건 처음이네. 만날 이러면 얼마나 좋아."

건방이는 대수롭지 않게 중얼거리며 걸음을 옮기다가 문득 발을 멈추었다.

"아니지. 이게 우연이 아닐지 몰라. 실전에서 사람을 상대로 수련하면 더 잘되는 게 아닐까?"

건방이는 자기도 모르게 주먹을 꽉 쥐었다. 그 바람에 빨간 코 아저씨가 주고 간 돈이 바스락 소리를 내며 구겨졌다. 건방이는 구겨진 만 원을 내려다보았다. 그러자 머릿속에 어떤 생각이 떠올랐다. 아주 기발하고 멋진 생각이.

"그래! 수련도 하고, 돈도 벌고! 내가 왜 진작 이 생각을 못 했지?"

건방이는 눈을 빛내며 기뻐하다 획 뛰어올라 어둠 속으로 사라졌다. 텅 빈 골목길 위로 눈송이들이 차곡차곡 쌓이고 있었다.

작가의 말

"작가의 말을 꼭 써야 하는 건가요?"

그런데 왜 작가의 말을 쓰기 싫으냐고요? 그게 말이죠, 사실 저에겐 작가의 말에 대한 안 좋은 추억이 있답니다.

어릴 적, 저한테는 이상한 강박이 있었어요. 책을 읽을 때면 책 속에 있는 모든 활자를 읽어야만 직성이 풀렸죠. 책등에 있는 시리즈 번호부터 뒤표지의 바코드 숫자까지 말이에요.

그렇게 읽으면 더 재미있느냐고요? 전혀요. 도리어 짜증스러울 때가 많았어요. 하지만 그렇게 안 하면 읽다 만 것처럼 찝찝해서 견딜 수가 있어야지요.

그러니 부록처럼 붙어 있는 작가의 말 같은 게 반갑겠어요?

작가의 말은 책마다 엇비슷한 데다 대체로 재미까지 없었거든 요.(아주 흥미진진한 책들조차도 작가의 말은 지루하기 마련이었죠.)

어른이 된 지금도 그러냐고요?

그럴 리가요! 지금은 책을 읽는 도중에도 재미가 없으면 집어 던진답니다. 세상에는 그 책 말고도 재미있는 책이 엄청나게 많 거든요. 하하하.

혹시 지금도 어린 시절의 저처럼 억지로 이 글을 읽고 계신 가요? 그렇다면 과감하게, 미련 없이 던져 버리세요. 속이 다 시 원해질 거예요.

아직도 지루함을 참고 읽고 있다면, 쯧쯧. 저처럼 강박증이 생긴 분이겠군요. 어쩌나…… 그럼 후다닥 감사 인사를 하고 끝 내는 수밖에 없겠네요.

책을 쓰는 내내, 하루도 빠짐없이 하나님께 떼를 썼어요. 세 상의 훌륭한 작가들에게 주셨던 영감의 자투리라도 좀 나눠 달라고요. 이 책이 누군가에게 작은 재미를 줄 수 있다면 그건 모두 그분이 주신 자투리 영감 덕분일 거예요.

권혁준 교수님, 제가 교수님을 못 만났더라면 작가의 말 같은 걸 써 보는 일은 평생 없었을 거예요.(절대 원망은 아니에요.^^) 늘 하시는 말씀처럼 훌륭한 작가가 되는 걸로 보답할게요.

부족한 글을 최종심에 올려 주신 김지은, 한윤섭 선생님! 그리고 스토리킹 어린이 심사위원 여러분, 고맙습니다. 모든 걸 다 제쳐 두고 어린이들만을 위한 이야기를 쓰겠다는 첫 마음을 잊지 않을게요.

마지막으로, 무지무지 사랑해! 아빠엄마언니동생형부조카들 용석씨너구리 모두모두.

2014년 7월

천효정

어린이들이 뽑은 국내 최초의 문학상
제2회 스토리킹 심사위원을 소개합니다!

고송환	안산서초등학교 5학년	이선겸	오류남초등학교 5학년
김강산	신석초등학교 5학년	이탁현	구일초등학교 5학년
김기연	홍익대학교 부속초등학교 5학년	임재엽	신석초등학교 5학년
김나연	한마음초등학교 5학년	임현아	인천신대초등학교 5학년
김나현	도성초등학교 5학년	정수안	잠원초등학교 5학년
김대현	잠일초등학교 5학년	조희서	하남초등학교 5학년
김민승	명원초등학교 5학년	최수빈	혜화초등학교 5학년
김소현	삼성초등학교 5학년	최수인	한라초등학교 5학년
김수현	공덕초등학교 5학년	현재우	충주탄금초등학교 5학년
김재원	대곡초등학교 5학년	권민정	화랑초등학교 6학년
김주영	은진초등학교 5학년	권하운	사우초등학교 6학년
김태언	송천분교 5학년	김규민	화성마산초등학교 6학년
김현우	계동초등학교 5학년	김도윤	광교초등학교 6학년
김현준	둔전초등학교 5학년	김선우	금곡초등학교 6학년
노유민	목포신흥초등학교 5학년	김연우	필리핀한국국제학교(k.i.s.p) 6학년
박소현	남양초등학교 5학년	김지호	미동초등학교 6학년
박수현	상신초등학교 5학년	김진수	포곡초등학교 6학년
박슬비	김천서부초등학교 5학년	김태연	홍익대학교 부속초등학교 6학년
박은진	부천부광초등학교 5학년	민승현	홍익대학교 부속초등학교 6학년
방민혁	포항양덕초등학교 5학년	박준하	용산초등학교 6학년
송예림	서울상암초등학교 5학년	봉정현	소화초등학교 6학년
오도영	천안불당초등학교 5학년	설혜민	인천학산초등학교 6학년
오준유	동일초등학교 5학년	송현채	반포초등학교 6학년
유진우	대전송강초등학교 5학년	신혜연	경인초등학교 6학년
이단비	창천초등학교 5학년	심레오	청룡초등학교 6학년
이상민	신길초등학교 5학년	안대현	성내초등학교 6학년

양희원	백문초등학교 6학년	강민혁	배문중학교 1학년
유미림	인천남동초등학교 6학년	고동혁	영림중학교 1학년
유상욱	용산초등학교 6학년	김민경	김포고창중학교 1학년
윤지환	도성초등학교 6학년	도윤선	동도중학교 1학년
이가은	명원초등학교 6학년	박솔	신원중학교 1학년
이규영	대곡초등학교 6학년	송미형	제주중앙여자중학교 1학년
이나영	포곡초등학교 6학년	신동현	신화중학교 1학년
이유빈	포곡초등학교 6학년	오유진	경일중학교 1학년
이은정	동산초등학교 6학년	오유진	옥계중학교 1학년
이정민	신용산초등학교 6학년	오윤서	금호여자중학교 1학년
이주은	운정초등학교 6학년	이서빈	영문중학교 1학년
이준혁	도성초등학교 6학년	이수영	Daniel Academy 중등부 1학년
이채련	인천숭의초등학교 6학년	이수영	옥정중학교 1학년
이태선	신용산초등학교 6학년	이주연	구갈중학교 1학년
임종서	용인동백초등학교 6학년	이준우	시냇가에 심은 나무 홈스쿨, 중학교 1학년 과정
전진호	용산초등학교 6학년	장소은	과천문원중학교 1학년
정연석	방일초등학교 6학년	정세영	진주삼현여자중학교 1학년
정지우	상현초등학교 6학년	정수연	대전변동중학교 1학년
조준희	봉천초등학교 6학년	정지민	이의중학교 1학년
조호영	백현초등학교 6학년	정현지	정신여자중학교 1학년
최예영	예봉초등학교 6학년	천송	덕원중학교 1학년
한세진	홍익대학교 부속초등학교 6학년	최윤정	천천중학교 1학년
한희자	덕양초등학교 6학년	표세진	잠실중학교 1학년
황예슬	솔빛초등학교 6학년	한수빈	광장중학교 1학년

★어린이 심사위원들의 학년 및 학교명은 2014학년도 기준입니다.

글쓴이 천효정

1982년 충남 서천에서 태어났다. 공주교육대학교 및 동대학원을 졸업한 후, 현재 초등학교 교사로 재직 중이다. 『삼백이의 칠일장』으로 제14회 문학동네 어린이문학상을 수상, 타고난 이야기꾼이라는 호평을 받았다. 그리고 일 년 후, 어린이 심사위원 100명의 깐깐한 심사를 거친 『건방이의 건방진 수련기』가 2014년 제2회 스토리킹 수상작으로 선정되면서 큰 주목을 받았다. 지은 책으로는 『건방이의 건방진 수련기』시리즈, 『첫사랑 쟁탈기』, 『아기 너구리 키우는 법』, 『도깨비 느티 서울 입성기』 등이 있다.

그린이 강경수

독특하면서도 위트 넘치는 그림을 그리는 화가이다. 만화를 좋아해서 10년간 만화를 그리다가 지금은 어린이책의 매력에 빠져 그림책 작가로 활동 중이다. 『건방이의 건방진 수련기』시리즈, 『마지막 이벤트』, 『공자네 빵가게』 등 여러 책에 그림을 그렸다. 쓰고 그린 책으로는 『나의 엄마』, 『나의 아버지』, 『거짓말 같은 이야기』, 『내 친구의 다리를 돌려 줘!』, 『우당탕』, 『쿠당탕』, 『커다란 방귀』, 『춤을 출 거예요』 등이 있으며, 『거짓말 같은 이야기』로 2011년 볼로냐 아동도서전 논픽션 부문 라가치상 우수상을 받았다.

건방이의 건방진 수련기 ❶

1판 1쇄 펴냄—2014년 7월 15일, 1판 16쇄 펴냄—2020년 5월 25일
글쓴이 천효정 그린이 강경수 펴낸이 박상희 편집장 박지은 편집 한귀숙 디자인 김민해
펴낸곳 (주)비룡소 출판등록 1994. 3. 17. (제16-849호)
주소 (06027) 서울시 강남구 도산대로1길 62 강남출판문화센터 4층
전화 영업 02)515-2000 팩스 02)515-2007 편집 02)3443-4318,9
홈페이지 www.bir.co.kr
제품명 어린이용 환양장 도서 제조자명 (주)비룡소 제조국명 대한민국 사용연령 3세 이상

ⓒ 천효정, 강경수 2014. Printed in Seoul, Korea.

ISBN 978-89-491-9781-4 74800
ISBN 978-89-491-9780-7(세트)

이 도서의 국립중앙도서관 출판시도서목록(CIP)은 서지정보유통지원시스템 홈페이지(http://seoji.nl.go.kr)와 국가자료공동목록시스템(http://www.nl.go.kr/kolisnet)에서 이용하실 수 있습니다.
(CIP제어번호: CIP2014019668)

심사 과정을 공개합니다.

딩동~ 택배 아저씨가 전달한 상자!
상자 안에서 나온 것은 위촉장과 단체 티셔츠, 원고!
나도 드디어 심사위원이 되는 건가? 이제 본격적으로
심사를 해 봐야지.

짜잔, 위촉장 도착!
내가 바로
어린이 심사위원이다!

깐깐한
심사위원의 위엄을
보여 줘야지!

낄낄,
이거 너무 웃기잖아!